KB262338

촌부 新무협 판타지 소설
FANTASTIC ORIENTAL HEROES

화공도담 7

촌부 新무협 판타지 소설

초판 1쇄 찍은 날 § 2010년 1월 14일
초판 1쇄 펴낸 날 § 2010년 1월 21일

지은이 § 촌부
펴낸이 § 서경석

편집장 § 문혜영
편집책임 § 주소영

펴낸곳 § 도서출판 청어람
등록번호 § 제1081-1-89호
등록일자 § 1999. 5. 31
어람번호 § 제2-1870호

주소 § 경기도 부천시 원미구 심곡동 163-2 서경B/D 3F (우) 420-822
전화 § 032-656-4452 팩스 § 032-656-4453
http://www.chungeoram.com
E-mail § eoram99@chollian.net

ⓒ 촌부, 2008

ISBN 978-89-251-2054-6 04810
ISBN 978-89-251-1528-3 (세트)

화공도담

畫工
道談

세한도(歲寒圖)

7

FANTASTIC ORIENTAL HEROES

촌부 新무협 판타지 소설

청어
람

目次

第一章

봄 향기[春香]

화공도담 畫工道談

1

바람이 꽃향기를 실어왔다. 아직 꽃이 필 때가 아니거늘, 덥지도 춥지도 않은 은은한 온기는 기어이 이른 꽃 한 송이를 피워내고 말았던 것이다.

하지만 자명은 꽃향기를 즐기지 못하였다. 바로 눈앞에 혜운 소저가 긴장한 얼굴로 서 있었기 때문이다.

'헤어짐이 있으면 만남이 있다더니, 과연 그렇구나.'

자명이 조그맣게 한숨을 내쉬었다.

아직도 파파의 죽음과 은자(隱者) 혜공 성승의 입적(入寂)으로 인한 슬픔을 추스르지 못하였거늘, 소림사를 벗어나자마자 이렇듯 말괄량이 아가씨를 만나고 말았다. 세상이 너무 빨리 변화하는 것 같아 마음 한구석이 씁쓸해졌다.

"듣고 있나요, 화공?"

혜운이 조심스럽게 질문하자 자명이 얼른 고개를 들었다.

"예. 말씀하십시오, 소저."

"있잖아요, 화공."

평소의 쾌활하던 모습과 달리, 혜운의 얼굴에는 홍조가 떠올라 있었다. 말을 맺을 때 즈음에는 목소리가 점점 작아져 들리지 않을 지경이었다.

"저는 화공께서 약속을 지켜주시기를 바라요."

"약속이라니요?"

"예전에 제게 그림을 그려주기로 하셨잖아요."

"아아, 그랬었지요."

혜운의 말에 자명이 고개를 두어 번 끄덕였다.

과거, 무림맹의 초청과 함께 자신을 찾아왔던 혜운 소저가 그림을 그려 달라 청한 일이 있었다. 그때 승낙을 해놓고 아직까지 그려주지 않았으니 자신의 불찰이라 할 수 있다.

자명이 알았다고 말하기 직전, 혜운이 몇 마디를 첨언했다.

"하지만 다른 그림은 싫어요."

"예? 그러면 어떤 그림을 원하시는지요?"

"비록 제가 서화에 관하여는 잘 모르지만……."

혜운이 긴장한 시선으로 자명을 바라보았다. 드디어 마음 속 깊숙한 곳에 숨겨두었던 말을 꺼낼 때가 온 것이다.

"화, 화도(畵道)는 단순히 사물의 외형(外形)만을 좇는 것이 아니라고 알고 있어요. 그렇다면 서화는 사물의 본령을 그려내는 일이거니와, 화, 화공의 마음이 배어 나오는 일일 테지요."

"예, 분명히 그러합니다."

자명이 생각에 잠긴 얼굴로 대답했다.

세상천지에는 아름답지 않은 것이 없는데, 그것을 그리기 위해서는 화공의 마음 역시 아름다워야 한다. 혜운 소저의 말마따나 그림에는 화공의 마음이 배어 나오기 때문이었다.

혜운이 말을 이어나갔다.

"저는 화공께서 저를 그려주시기를 바라요."

"혜운 소저를 말씀입니까?"

"예. 그냥 그림이 아니라……."

혜운이 목덜미까지 붉어진 얼굴로 고개를 끄덕였다.

그녀 역시 남궁화란의 미인도(美人圖)를 본 적이 있었다. 혜운은 그 그림 속에, 그것을 그린 화공의 마음속에 남궁화란이 있다는 것을 알 수 있었다.

혜운은 자신 역시 화공의 마음속에 머무르기를 바랐다. 자신의 마음속에 화공이 머무르듯이.

"화공의 마음이 담긴 그림을 원해요. 남궁 언니를 그렸듯,
그렇게……."

말을 마친 혜운이 눈을 질끈 감았다. 이제 남은 것은 대답
을 기다리는 것뿐이다.

문득 시간이 정지한 것만 같은 착각이 들었다.

'가, 가슴이 터질 것 같아.'

심장이 두근거리는 소리가 너무 크게 들리는 것 같다. 혹시
나 심장 뛰는 소리가 화공에게도 들리진 않을까.

혜운은 조심스럽게 자명을 흘끔거렸다. 긴장으로 얼룩진
침묵 속에서 자명이 은은한 미소를 머금었다.

"어려울 것 없지요."

혜운의 얼굴이 화사하게 피어났다. 설마하니 곧바로 승낙
할 줄은 몰랐던 것이다.

"정말로 저를 그려주실 건가요?"

"예, 그렇습니다만……."

지나치게 기뻐하는 혜운의 모습이 얼떨떨했던 것일까? 자
명이 말끝을 흐리며 입을 닫았다.

혜운은 그런 자명의 얼굴을 보고서야 자신의 마음이 온전
히 전달되지 않았음을 깨달았다. 문득 가슴이 철렁 내려앉는
기분이 들었다.

'화공은 여전히…….'

화공은 틀림없이 말한 그대로 자신을 그려줄 것이다. 그의 안목은 자신도 몰랐던 아름다움을 찾아낼 테고, 그의 손길은 그것을 가감없이 드러내 줄 터였다.

하지만 그게 전부였다. 자신을 그린 그림은 결코 남궁 언니의 미인도가 될 수 없으리라.

비록 화공이 마음을 다한다 하더라도 남궁 언니에 대한 마음과 자신을 생각하는 마음은 서로 다를 것이므로.

혜운이 울먹이는 목소리로 중얼거렸다.

"남궁 언니처럼, 남궁 언니처럼 그려주실 수는 없나요?"

이번만큼은 자명도 쉽사리 대답하지 못했다. 스스로도 왜인지 몰랐으나 쉬이 말을 꺼낼 수가 없었던 것이다.

혜운의 어깨가 처량하게 내려앉았다.

'나는 화공의 마음속에 없구나.'

혜운은 말을 꺼내지 못하는 자명의 마음을 단번에 알아챘다. 화공은 눈치가 없기에 오히려 솔직했던 것이다.

'화공은 남궁 언니만 생각하는 거야.'

그렇게 생각하니 왈칵 눈물이 날 것 같았다. 화공이 미워지기도 했고, 남궁 언니가 참을 수 없이 부럽기도 했다.

애써 눈물을 참던 혜운이 스스로를 설득하듯 고개를 절레절레 저었다.

'아니, 아주 끝난 건 아니야. 아직 시간은 많으니까.'

혜운이 억지로 마음을 추스르며 소매를 들어 눈가를 훔쳤다. 그러자 이슬처럼 맺혀 있던 눈물이 사라지고 또렷한 눈동자가 모습을 드러냈다.

잠시 뒤, 혜운이 아무렇지도 않은 척 한숨을 내쉬었다.

"바보, 멍청이. 어쩌면 그렇게 눈치가 없을 수 있담."

"예?"

자명이 당황한 얼굴로 혜운을 바라보았지만 그녀는 코를 훌쩍이며 고개를 휙 돌려 버릴 뿐이었다.

자명이 떨떠름한 어조로 질문했다.

"제가 혹시 결례를 한 것인지요?"

"결례 같은 거 안 했어요, 안 했어."

혜운이 입술을 비죽거리며 중얼거리고는 몸을 돌려 성큼성큼 걸어가기 시작했다. 자명은 이러지도 저러지도 못한 채로 머뭇거렸다.

"저기, 혜운 소저. 소저께서는 소림사로 가는 것이 아니었습니까?"

"화공은 소림사에서 나와놓고 소림사가 객을 받지 않는다는 것도 몰라요?"

혜운의 어조는 퉁명스럽기 짝이 없었다. 하지만 말투와 달리 그 표정은 부드럽기만 했다.

자명이 이상하다는 듯 혜운을 바라보며 고개를 끄덕였다.

"그, 그렇겠군요. 큰스님께서 입적하셨으니……."

자명의 중얼거림을 듣지 못하였는지 혜운은 여전히 성큼성큼 걸어갈 뿐이었다.

그렇게 잠시 걷는가 싶던 혜운이 이내 고개를 홱 돌렸다.

"안 따라오고 뭐 해요, 화공?"

자명이 의아한 얼굴로 혜운을 바라보았다.

"화공은 문무쌍성께 인사도 아니 드릴 참이에요? 문무쌍성 숙부님들께서 화공을 얼마나 찾으셨다고요. 저한테도 화공을 만나게 되거든 꼭 데려오라 하셨는데."

"아, 예. 따르겠습니다."

자명이 씁쓸한 표정으로 고개를 끄덕였다.

얼마 전, 소림의 방장이신 각원 대사께서 무림맹을 도와달라고 부탁한 일이 있었다. 아마도 문무쌍성께서 자신을 찾는 이유도 크게 다르지 않으리라.

'방장 스님의 부탁은 이미 거절했지만…….'

만약 또다시 거절을 하게 되더라도 직접 하는 것이 예의일 것이다. 자명은 바랑을 한 번 추슬러 메고는 서둘러 혜운의 뒤를 쫓았다.

등봉현(登封懸)으로 가는 길은 조용하기만 했다.

혜운은 뭐가 그리 마음에 안 드는지 성큼성큼 걸음만 재촉했고, 자명은 별다른 말 없이 그런 혜운의 뒤를 쫓았다. 숭산(嵩山)에서 겪은 일을 생각해 보면 하산하는 길에 남다른 소회가 깃들 수밖에 없는 것이다.

이름 모를 화상과 칠하던 벽화, 늙은 승려와 함께 마시던 차향이 벌써부터 그리워지는 것 같아 자명은 몇 번이나 뒤를 돌아보아야 했다.

등봉현 부근에 다다르자 이번에는 마음 한구석이 무거워졌다. 쾌활한 혜운 소저가 저렇듯 말없이 걸어가는 것을 보면 걱정을 아니 할 수가 없는 것이다.

'아무리 봐도 화가 난 것 같은데.'

자명의 얼굴에 근심이 어렸다. 만약 혜운 소저가 심통이 난 거라면 큰일도 여간 큰일이 아니었다. 혜운 소저는 장난을 좋아하니 주가장에서처럼 못된 짓을 할지도 모르는 일인 것이다.

'하지만 단순히 화만 난 것 같지는 않아. 아쉬워하는 것 같기도 하고, 쓸쓸해하는 것 같기도 하니……'

자명의 얼굴에 어린 근심이 한층 더 깊어졌다.

한편, 앞서 걸어가는 혜운의 머릿속에는 수만 가지 상념이 떠돌고 있었다. 그중 대부분은 물론 화공에 대한 것이었다.

'생각해 보면 처음부터 화공은 도망만 갔었지. 이 나쁜 놈.'

문득 화공을 처음 만난 주가장이 떠올랐다. 화공은 주가장의 연회가 끝나자마자 곧바로 길을 나섰던 것이다.

그다음은 어떠했던가? 겨우 화공을 찾아내 무림맹으로 데려갔거늘, 화공은 명천회(明天會)가 끝나자마자 또다시 청성산으로 떠나 버리고 말았다.

'기껏 쫓아간 청성산에서도 마찬가지였고.'

문득 마음이 불안해진 혜운이 뒤를 흘끔 돌아보았다. 다행히 이번에는 화공이 어디로 도망을 치지 않고 자신의 뒤를 잘 쫓아오고 있다.

왠지 모르게 기분이 좋아진 혜운이 미소를 머금었다. 화공과 함께 걷고 있다고 생각하니 가슴 한구석이 간질간질하다.

'이번에는 결코 놓치지 않을 테다.'

혜운은 새삼 각오를 다졌다. 문무쌍성 숙부님들이 방해하더라도, 무림맹에서부터 감시의 눈길을 늦추지 않는 홍 시비가 방해하더라도 꼭 화공의 뒤를 쫓을 생각이었다.

홍 시비가 언젠가 해주었던 말마따나 '함께 보낸 시간이 곧 인연의 크기를 결정하는 셈' 인 것이다.

그렇게 각오에 각오를 다지다 보니 벌써 등봉현에 들어서 있었다. 혜운은 저잣거리를 지나 와불객잔(臥佛客棧)으로 자명을 안내했다. 좋게 말하면 고풍스럽고, 나쁘게 말하면 허름하다 싶을 정도로 낡은 객잔이었다.

자명이 이상하다는 듯 객잔을 올려다보았다.

"이곳입니까?"

"흥, 겉보기에는 이래도 등봉현에서 제일 좋은 객잔이라고요. 얼른 들어가요."

일부러 퉁명스러운 어조로 말한 혜운이 객잔 뒤쪽에 자리한 작은 후원으로 걸어갔다.

후원에 들어서자마자 웃음소리가 자명을 반겼다.

"하하하! 이렇게 되면 중앙으로 흘러나온 대마(大馬)가 도리어 목표가 되겠구먼. 우변의 흑진(黑陣)을 키우려는가?"

웃음소리의 주인공은 다름 아닌 문성(文星) 장주랑(張珠朗)이었다. 그는 후원과 마주한 내채(內砦)의 문을 열어놓은 채 바둑을 두고 있었던 것이다.

장주랑과 수담을 나누던 무성(武星) 금정룡(金正龍)이 씁쓸한 표정으로 고개를 저었다.

"속내를 다 들켜 버렸군."

"아니야, 좋은 수일세. 앞으로는 호선(互先)으로 두어야겠어."

문성 장주랑이 그렇게 말했지만 금정룡은 여전히 고개만 절레절레 저을 뿐이었다. 무학이라면 모르겠으나 여하의 기예에서는 문성 장주랑을 능가할 수가 없는 것이다.

잠시 감탄하던 문성 장주랑이 이내 하얀 기석(棋石:바둑돌)

을 한 알 쥐어 들었다.

"손님이 오신 것 같으니, 슬슬 정리하세."

딱, 하는 경쾌한 소리에 금정룡이 긴 한숨을 내쉬었다.

두어 수가 더 지나가자 아예 앓는 소리가 나왔다. 말로는 호선이라 하지만, 실은 문성 장주랑이 한참은 상수였던 것이다.

"불계로군. 가일수(加一手)를 할 틈도 없이……."

"계가를 해보면 자네나 나나 비등할 걸세."

벗의 체면을 위해 일부러 동수를 이룬 문성 장주랑이 대수롭지 않게 중얼거리고는 후원에 들어선 자명을 바라보았다.

수담을 방해하지 않기 위해 기다리던 자명이 장읍하여 예를 표했다.

"화공 진자명이 문성 장 대인과 무성 금 대인을 뵙습니다."

"하하하! 오랜만일세. 그간 무고하였는가?"

자명의 얼굴에 쓴웃음이 어렸다. 그간 겪은 일이 결코 작지 않은데 어찌 무고했다 말할 수 있겠는가! 그저 말없이 고개나 숙일 뿐이었다.

"이상한 일이로다. 당금 강호에 묵월검랑만 한 위인이 없다는 소문이 자자한데, 정작 당사자의 얼굴은 못마땅해 보이니……."

장주랑이 말끝을 흐리며 손가락을 가볍게 튕겼다. 그와 동시에 하얀 기석이 쾌속한 속도로 자명에게 날아갔다. 문성 장주랑이 탄지의 수법으로 기석을 날린 것이다.

자명이 부드럽게 손을 움직여 작은 원을 그렸다.

"후우—"

한숨과 함께 움직임을 멈춘 자명이 눈을 지그시 감고 손을 펼쳤다. 그러자 자명의 손바닥에 하얀 기석이 한 알 놓여 있었다.

장주랑의 미간이 잔뜩 좁혀졌다.

'이놈 보게?

천하에는 문성으로 알려졌으나 장주랑의 공부는 결코 작은 것이 아니었다. 비록 공력을 다하지 않았다고는 하나 저렇게 쉽게 받아낼 기예가 아닌 것이다.

장주랑은 자명에게서 시선을 떼어 금정룡을 바라보았다.

"그래, 자네가 보기엔 어떠한가?"

바위처럼 딱딱한 얼굴로 자명의 손놀림을 바라보던 금정룡이 나직한 신음성을 토해내며 중얼거렸다.

"장강의 뒷물결이 예상보다 거세군."

"허어! 그 정도던가?"

문성 장주랑이 감탄을 터뜨렸다.

사람을 평하는 데 야박하다는 소리를 듣는 장주랑이었지만, 무성 금정룡 역시 야박하긴 매한가지였다.

그런 금정룡의 입에서 저런 소리가 나올 정도라면 화공의 무위가 생각보다 훨씬 뛰어난 셈이다.

장주랑 대신 금정룡이 직접 자명에게 물었다.

"화공은 답하시게. 방금 펼친 재주가 독괴를 사사한 것이던가?"

"설명하기 어렵습니다. 그저 연이 닿았다고밖에는……."

자명은 고개를 저었다. 파파께서 '청허심결을 훔쳐 갔다'고 말한 적이 있기는 하지만 정식으로 배운 바가 없으니 사사했다 말하기 어려운 까닭이었다.

"그렇다면 소문대로 서화의 법을 얻었다는 말인가?"

이번에도 자명은 쉬이 대답하지 못했다.

그것을 긍정으로 받아들인 것일까? 금정룡이 눈을 지그시 감고 신음성을 토해냈다.

"으음."

"하! 내가 속았구나, 속았어! 한낱 화공인 줄 알았는데 알고 보니 천하에 드문 영웅이었어! 내 안목이 뛰어남을 자랑으로 삼았는데, 이제는 감히 자랑할 수가 없게 되었구나."

장주랑이 무릎을 치며 크게 한탄했다.

"송구합니다."

"되었네, 되었어."

자명이 다시 한 번 장읍하자 장주랑이 별일 아니라는 듯 손사래를 쳤다. 그리고는 뒤에서 심술 난 얼굴로 딴청을 부리는 혜운을 바라보았다.

이미 소림의 방장에게서 기별을 받아 자명이 하산한다는 사실을 알고 있던 장주랑이었지만, 그는 짐짓 모른 체 감탄을 터뜨렸다.

"지성이면 감천이라더니, 과연 그렇구나. 설마하니 정말로 화공을 데려올 줄은……."

"장 숙부!"

혜운이 다급히 장주랑의 말을 끊었다. 화공이 이 자리에 있는데 부끄럽게 '지성이면 감천' 같은 말을 하다니, 장 숙부도 눈치가 너무 없다.

"하하하! 오냐, 오냐. 알았다. 하나 회포는 나중에 풀어야겠구나. 화공과 나눌 이야기가 있으니 잠시 자리를 비켜주겠니?"

이번에는 혜운의 얼굴이 고집스레 바뀌었다. 화공이 언제 도망칠지 모르는데 어찌 자리를 피할 수 있겠는가! 혜운은 시선을 돌리고 입술을 비죽대며 말했다.

"싫어요, 싫어. 전 이 자리에 있을래요."

"무림의 중대사를 논하는데 네가 무어라고 낀단 말이냐! 어서 들어가지 않으면 크게 혼이 날 줄 알아라."

장주랑 대신 금정룡이 차가운 얼굴로 외쳤다. 혜운을 몹시

귀여워하는 장주랑과 달리, 금정룡은 주로 꾸중을 하는 쪽이
었던 것이다.

"금 숙부가 그렇게 말해도 전 안 갈 거라고요. 두고 보라
지, 쫓겨나더라도 몰래 훔쳐 들을 테니까."

"흥! 그것이야 네 소관이니 관여치 않으마. 하나 이 자리만
큼은 벗어나야 할 것이다."

차갑기만 한 금정룡의 말에 혜운의 입술이 닷 발은 튀어나
왔다. 잠시 무어라고 투덜거리던 혜운이 이내 배시시 웃으며
장주랑에게 다가갔다. 들은 척도 하지 않는 금정룡 대신 장주
랑에게 허락을 받으려는 것이다.

"장 숙부, 금 숙부가 절 못살게 해요. 저도 여기서 들으면
안 돼요?"

"네가 정녕 이 숙부의 말을……."

금정룡의 눈가가 꿈틀거릴 때였다. 장주랑이 헛웃음을 터
뜨리며 가까이 다가온 혜운의 머리를 쓰다듬었다.

"그만하게, 이 친구야. 의지할 곳 하나 없는 아이를 어찌
그리 구박하누."

혜운이 이 보라는 듯 금정룡을 바라보며 흐뭇한 미소를 지
었다. 금정룡이 눈을 부라렸다.

"엄사(嚴師)가 되라던 사형의 말씀이 계셨네. 자네는 너무
물러."

“이리 귀여운 아이에게 어찌 엄하게 굴란 말인가. 화공에게 할 말이야 이 아이도 이미 알고 있는 바니 너무 그러지 말게.”

그렇게 말한 장주랑은 금정룡의 대답은 듣지도 않고 자명에게로 시선을 돌렸다.

“이보시게, 화공. 방장 대사께 이미 들었을 것으로 짐작하네.”

“…예, 이미 들은 바가 있습니다.”

“이 문성 역시 같은 부탁을 하려 하네.”

자명은 입을 꾹 다물었다. 무림을 피하던 과거였다면 단번에 거절했을 것이나, 소림사에서의 일이 많은 것을 바꾸어놓고 말았다. 조금 전 문성 장주랑이 던진 기석을 피하지 않고 받아냈던 것 역시 같은 맥락이었다.

장주랑이 나직한 목소리로 말을 이어나갔다.

“천하가 난(亂) 중에 있네. 한낱 강호의 야인들이 벌이는 난이라고 하나 그로 인해 많은 백성들이 고통받고 있으이.”

암천이 천하 각지에서 준동하였으나 무림맹은 그에 기민하게 대처하지 못하였다. 멸문을 당한 문파가 벌써 한두 군데가 아닐 정도니, 말 다한 셈이다.

비록 지금은 사천을 제외한 대부분의 지역에서 연승을 거듭하고 있지만 이미 흘린 피가 적지 않거니와, 앞으로 흘릴

피 역시 가늠을 할 수 없는 지경인 것이다.

"자네가 화공임을 자처하는 것은 알고 있으나 천하 만민의 안위를 먼저 생각하기를 청하는 바일세. 부디 무림맹의 손을 거절치 마시게."

"지금 당장은 어려운 바가 있습니다."

자명이 읍하여 대답하자 장주랑의 눈에 이채가 떠올랐다. 지금 당장은 어렵다는 말은 이후에는 어찌 될지 모른다는 뜻이 아닌가! 장주랑이 수염을 쓰다듬으며 질문했다.

"무슨 이유에서인지 물어도 되겠는가?"

"합비로 향하려 합니다."

"합비라?"

장주랑이 외아한 듯 중얼거릴 때였다. 그 순간 때는 이때다, 라는 듯이 혜운이 냉큼 끼어들었다.

"나도 갈래요!"

금정룡이 당장 눈을 부라리며 혜운을 바라보았다. 장주랑이 얼른 혜운의 머리를 쓰다듬으며 말했다.

"그건 나중에 이야기하자꾸나. 일단은 화공의 이야기를 더 들어봐야지. 그래, 합비에서 자랐다는 이야기는 이전에 자네가 한 바 있네. 고향을 찾으려는가?"

"예, 그렇습니다. 혜공 성승께서도 그리 말씀하셨고요."

자명이 조그맣게 대답했다. 혜공 성승께서는 입적하시기

직전 '고향으로 가보아라. 후회는 않을 게다' 라고 말씀하셨던 것이다.

"혜공 성승께서?"

자명이야 별생각없이 한 말이었지만, 혜공 성승이라는 이름은 결코 가벼운 것이 아니었다.

장주랑이 눈을 지그시 감고 생각에 잠겨들었다.

"나도 갈래요, 장 숙부."

"그만하여라."

장주랑이 생각에 잠긴 채 입을 열지 않자 금정룡이 엄숙한 어조로 혜운을 꾸중했다.

"네가 이렇듯 스스로를 다스리지 못하고 방종한데 어찌 너를 홀로 보낼 수 있겠느냐. 계속 이렇게 함부로 떠든다면 내 아혈(啞穴)을 점할 터이니 그리 알아라."

"히잉."

혜운이 울먹거리는 시늉을 하며 어깨를 늘어뜨렸다. 씨도 안 먹힐 금 숙부 대신 장 숙부를 설득해야 하는데, 장 숙부는 장고에 빠진 듯 움직이지 않는다.

잠시의 시간이 흐른 뒤 마침내 장주랑이 눈을 떴다.

"자네가 거절했다는 것은 이미 각원 대사께 들어 알고 있었네. 본래 나는 오늘 어떻게든 자네를 설득할 참이었지."

문성이라 불릴 정도로 학식이 높은 장주랑이었다. 학식이

어찌 언변을 대신하겠느냐마는 하고자 하면 자명을 설득할
방법을 수십 개도 넘게 찾아낼 수 있었으리라.

"하나 혜공 성승께서 그리 말씀하신 데에는 그럴 만한 이
유가 있을 터. 나는 더 이상 자네를 설득할 수가 없게 되었네.
그래, 합비에 당도한 이후에는 무엇을 하려는가?"

자명이 바닥을 바라보며 부드러운 미소를 지었다. 바닥에
는 자그마한 잡초가 싹을 틔우고 있었다. 그러자 문득 손을
대지 않고 나무를 옮기는 방법이 떠올랐다.

"손에 닿는 일을 하고자 합니다."

"손에 닿는 일을 하고자 한다?"

장주랑이 자명의 시선을 물끄러미 바라보았으나 자명 역
시 그 시선을 피하지 않았다.

잠시 뒤, 장주랑이 헛웃음을 머금었다.

"자네의 손이 무림맹에도 닿았으면 좋겠구먼."

자명은 아무런 대답도 하지 않았으나 장주랑은 이미 대답
을 들은 사람처럼 크게 웃고는 손사래를 쳤다.

"좋네, 좋아. 설득하지 못하였으니 별수없지. 기왕 이리된
것, 하는 김에 부탁이나 하나 하세."

"예?"

자명이 의아한 얼굴로 장주랑을 바라보았다. 장주랑이 옆
에 선 혜운의 머리를 쓰다듬었다.

"이 아이도 데려가게나. 이렇게 바라는데 어찌할 도리가
있어야지."

"그게 무슨 소린가, 문성!"

자명이 대답하기도 전에 금정룡이 크게 외쳤다.

장주랑이 못마땅하다는 듯 혀를 차더니 금정룡을 바라보
며 입술을 달싹였다.

[뭐가 그리 불만인가, 이 친구야.]

[흥, 자네가 저 아이를 귀히 여기는 것은 내 알고 있었으나
이렇게까지 생각이 없을 줄은 몰랐네. 다른 누구도 아닌 천검
의 손녀일세. 암천에서 손을 뻗을 것을 생각지 못하는가. 불
가하네.]

금정룡이 마찬가지로 전음을 보냈다. 장주랑이 전음을 보
낸 데에는 이유가 있을 것이라 생각하고 자신 역시 전음으로
대답한 것이다.

장주랑이 헛웃음을 지었다.

[그렇기 때문에 허락한 것일세. 원치 않는 무게를 짊어진
아이니 장중에만 둘 수는 없지.]

[그게 무슨 소린가?]

[천검의 손녀라면 그만한 책임은 져야 하지 않겠는가.]

금정룡의 시선이 한층 더 매서워졌다. 자신은 보호를 이야
기하고 있는데, 가장 가까운 벗은 책임을 이야기하고 있었다.

[책임이라?]

[비록 규중의 여식이나 또한 강호의 여인이야. 하물며 천검의 손녀. 이 아이가 위험에 처한다면 그것을 감당해 내는 것 역시 이 아이의 몫일세. 아이를 잃을까 두렵더라도 보내시게.]

금정룡은 문득 섬뜩한 기운을 느꼈다. 평소 장주랑이 혜운에게 약한 모습을 보이던 게 마음에 들지 않던 차였다. 하지만 이제 보니 약하기는커녕 오히려 호랑이와 같지 않은가!

위험에 처할지 모른다는 것을 알면서도 내보내야 한다고 생각하니 자신은 벌써부터 두려워지는데 말이다.

[화공의 무위가 높을뿐더러 홍 시비가 있으니 최악의 경우는 일어나지 않을 걸세. 평생 품 안에 두기를 바랐네만…….]

장주랑이 애정 어린 눈으로 혜운을 바라보았다. 그 시선 속에는 묘한 서글픔이 머물러 있었다.

[이제는 어쩔 수 없지.]

그 마음이 어디 장주랑뿐이랴. 금정룡 역시 그것은 마찬가지였다. 사형 내외께서 귀천하신 후로 목숨처럼 귀히 여긴 아이였다. 마음으로는 언제까지나 혜운을 데리고 있고 싶지만, 혜운을 위한다면 오히려 세상으로 보내주어야 했다.

금정룡은 무심코 혜운을 돌아보았다. 혜운이 기대감이 가득한 시선으로 자신을 바라보고 있었다.

[언제까지나 아이일 줄로만 알았거늘.]

걸음마를 갓 시작할 때가 엊그제 같은데 벌써 이만큼이나 자라 있다. 금정룡이 아쉬움 속에서 혀를 한 번 찼다.

"쯧."

[또한, 우리에게는 할 일이 있다네.]

귓가를 울리는 전음성에 금정룡이 의아한 얼굴로 장주랑을 바라보았다. 장주랑이 진지하게 말을 이어나갔다.

[은자를 움직이려 했으나 이미 입적에 들고 만 뒤일세. 독괴까지 귀천한 마당이니, 천하오절은 이제 셋밖에 남지 않았어. 천검은 움직이지 않고 지도(地刀)는 종적을 찾을 수 없으니, 마지막 남은 한 명이라도 쫓아야 하지 않겠는가.]

[신개 양비자!]

금정룡이 탄성처럼 답하였다. 유장백이라는 암천의 무인을 쫓아 천하를 떠돌던 신개 양비자는 얼마 전에야 비로소 서신을 남겼는데, 거기에는 현재 사천에 있다는 말이 적혀 있었다.

장주랑이 씁쓸한 어조로 전음을 펼쳤다.

[그렇지 않아도 무림맹이 유독 사천에서만 연패하는 까닭을 궁금해하던 차였지. 신산자 그 친구가 도대체 무슨 짓을 해놓은 건지…….]

[그렇다면 소림의 방장을 만나기로 한 것은?]

[그는 은자의 입적을 추스르느라 제정신이 아닐 게야. 어차피 만나지 못할 테니, 예 있어봐야 시간만 축낼 뿐일세.]

그렇게 대답한 장주랑이 혀를 두어 번 차고는 다시금 자명을 바라보았다.

자명은 두 분이 무엇을 하는지 모르겠다는 얼굴로 서 있었고, 그 뒤에서는 혜운이 온갖 기대가 얽힌 얼굴로 장주랑을 바라보고 있었다.

"화공은 허락하시겠는가?"

"혜운 소저와 동행하는 일은……."

자명이 말끝을 흐리며 중얼거렸다. 혜운 소저와 함께 합비로 향한다고 생각하니 내심 꺼림칙한 면이 있었던 것이다.

하지만 무림맹을 도와달라는 부탁도 거절한 마당에 또다시 거절하기가 쉽지가 않았다. 게다가 기쁨에 가득 찬 혜운 소저의 얼굴을 보아하니 꺼림칙한 마음도 이내 사라져 버리고 만다.

자명은 저도 모르게 고개를 저었다.

'장주랑 대인의 마음을 알 것도 같다. 말괄량이라고는 하나 귀여운 구석이 있으니…….'

자신 역시 그간의 인연으로도 멀리 느껴지지가 않는데, 어릴 때부터 보아온 장주랑 대인이야 어떻겠는가! 저처럼 혜운을 귀여워하는 것도 이해가 간다.

“말씀하신 대로 하겠습니다.”

자명은 이내 고개를 끄덕였다. 그간 홀로 여행을 해왔지만, 누군가와 함께 동행을 하는 것도 나쁘지 않을 터였다.

“우와!”

장 숙부에 이어 자명까지 고개를 끄덕이자 혜운이 기쁨과 놀람이 뒤섞인 얼굴로 환호성을 터뜨렸다. 장주랑이 아예 제자리에서 방방 뛰려는 혜운의 손을 꼬옥 쥐었다.

“내 홍 시비를 동행시킬 것인즉, 너는 홍 시비의 시야에서 벗어나지 않겠다고 약속하여라. 홍 시비의 시야에서 단 한 번이라도 벗어난다면 후일부터는 금족령을 내릴 테다.”

“당연하지요! 장 숙부, 내게는 장 숙부밖에 없어요!”

그렇게 말하면서도 혜운은 금정룡을 흘끔거렸다. 혹시라도 금정룡이 딴죽을 걸면 낭패가 이만저만이 아닌 것이다. 하지만 아무리 살펴도 금정룡 역시 반대하는 것 같지가 않다.

“우와! 금 숙부가 웬일로!”

혜운이 한껏 들떠 탄성을 내뱉었다.

금정룡은 혜운을 바라보며 고개를 절레절레 젓더니, 물끄러미 자명을 바라보며 말했다.

“화공은 들으시게.”

“예, 하문하십시오.”

자명이 읍하여 대답했지만 금정룡은 말을 꺼내지 못하였

다. 평생 무뚝뚝하게 살아온 위인이 말주변이 있을 리 만무한 것이다.

결국 금정룡은 몇 마디로 말을 맺어버리고 말았다.

"저 아이를 잘 부탁하네."

"하하하, 천하의 무성도 별수가 없구먼. 기껏 한다는 게 고작 그 한마디인가."

장주랑이 금정룡을 보고 재미있다는 듯 웃음을 터뜨리더니, 이내 고개를 돌려 자명을 바라보았다.

"그래, 화공은 언제 출발할 셈인가?"

"오래지 않아 출발할 생각입니다."

"그렇구먼. 그래도 오늘은 예서 묵게. 저 아이도 나름 준비를 해야 할 테니."

"아, 맞다! 준비해야지!"

혜운이 냉큼 자리에서 일어나 자신의 안채로 달려갔다. 그렇게 달려가다 말고 자명을 보고 배시시 웃는 것도 잊지 않는다.

바람처럼 혜운이 사라지자 장주랑이 끌끌 혀를 찼다.

"쯧쯧, 저렇게 철이 없어서야."

"저도 이만 물러나보겠습니다."

자명이 머리를 숙이자 장주랑이 고개를 끄덕였다.

"그리하시게. 저 아이 등쌀에 시달리느라 피곤했을 테니.

한데 묵월랑을 만나놓고도 그림 한 점을 얻지 못했으니 아쉬워서 어찌한다? 이제는 각(刻)해지는 심병에서도 벗어났을 터인데."

물러나던 자명이 발걸음을 멈추었다. 천천히 뒤를 돌아보니 알 듯 모를 듯한 장주랑의 미소가 보였다.

자명과 눈이 마주치자 장주랑이 몇 마디를 더 주워섬겼다.

"이제는 여백을 알겠는가?"

자명은 일순 대답하지 못하였다.

서화에 대해 잘 모르는 이라면 여백을 그저 빈 공간으로 여기게 마련이다. 하지만 여백은 단순한 빈 공간만이 아니다.

그리지 않음으로써 그리는 것, 텅 비어 있으나 오히려 형상보다도 큰 의미를 가지고 있는 것이 바로 여백인 것이다.

'장주랑 대인께서는 있음이 없음에서 나왔다[有生於無]고 하셨었지. 만약 그림이 여백에서 나온 것이라면 여백은 곧……'

태허(太虛). 아무것도 없으나 만물을 품은 것.

자명의 몸에 소름이 돋아 올랐다. 한낱 인간의 몸으로 어찌 태허를 알 수 있겠는가! 하물며 아직 미숙한 자신에게는 불가능에 가까운 소리였다.

"저는 조금도 알지 못합니다."

"조금도 알지 못한다?"

이번에는 장주랑의 표정이 급변했다. 모른다는 것을 알고 있다는 말은, 최소한 그게 무엇인지는 짐작한다는 뜻이 아닌가! 장주랑은 저도 모르게 탄성을 내뱉었다.

"믿을 수가 없구나, 믿을 수가 없어. 어찌 자네 나이에……."

"정말로 하나도 모르는걸요."

자명이 씁쓸하게 중얼거렸다. 천지만물과 조화를 이루는 방법은 알게 되었지만 아직도 도원도를 그려내는 일은 요원하기만 하다. 알면 알수록 멀어지기만 하니, 이제는 도원도를 그리라고 말한 노인이 얄밉게 느껴질 정도였다.

'별일 아닌 것처럼 말해놓고선.'

자명이 울적한 얼굴로 한숨을 내쉬었다.

하지만 이내 다른 생각이 떠올랐다. 자신이 너무 과한 욕심을 품고 있는 게 아닌가 싶었던 것이다. 아직 미숙한 재주일 뿐인데 어찌 무명도원도와 같은 그림을 그릴 수 있겠는가!

'나는 아직 숙(熟)의 경지에 이른 지 얼마 되지 않았으니, 갈 길이 먼 셈이야.'

그렇다면 벌써부터 조급하게 생각할 필요는 없다. 아름다움을 좇다 보면 언젠가는 이루어질 일인 것이다.

그렇게 생각한 자명이 고개를 절레절레 저으며 후원을 빠져나갔다. 그때 금정룡의 목소리가 자명의 걸음을 붙잡았다.

"무당도문(武當道門)의 검을 본 적이 있는가?"

자명이 다시금 뒤를 돌아보았다.

"흔히 신검(身劍)을 합일(合一)하는 방법은 무당의 검에 있다고 하지."

금정룡의 말에 자명이 고개를 갸웃했다. 뜬금없이 신검합일이 무슨 소리란 말인가! 비록 인연이 닿기는 했지만 자신은 무학에 대해서는 일자무식인데 말이다.

금정룡이 여전히 무심한 얼굴로 말을 이어나갔다.

"도(道)는 모양도 없고, 소리도 없으며, 이름도 없는 것이다. 도를 도라고 이름 붙이는 순간, 그것은 유한하고 일시적인 것이 되므로 항상 그러한 도가 될 수가 없지."

불가에서는 색은 즉, 공(空)이라고 말한다. 사물은 항상 그대로 존재하는 것이 아니기 때문이다. 바위는 언젠가 자갈이 되고, 자갈은 언젠가 모래가 된다.

그렇다면 바위의 본질은 무엇인가. 자갈인가, 모래인가.

"하지만 도는 천지만물에 있다. 도는 기(器)를 통하여 드러나는 법이니, 기를 통해서 도를 엿볼 수 있지 않겠느냐. 무당도문은 검을 기로 삼았지."

자명의 몸이 한차례 부르르 떨렸다. 꿈속에 나타났던 여암이라는 노인이 무엇이라고 했던가! 도는 무형이고 무상이나 천지만물에 있다고 하지 않았던가!

'그렇다면 여백과 먹 역시 획 속에 숨어 있는 것일까?

자명의 머릿속이 복잡해져 갔다.

"무당도문의 검은 오행에서 시작하여 태극으로 끝난다. 오행검으로 조화를 이루는 법을 배우고, 마침내 합일하여 태극에 다다르는 것이다. 태극을 이루면 사물과 사람이 일체가 되는데, 무당검의 최고 경지가 바로 그것이다."

자명이 탄성처럼 외쳤다.

"물아일체!"

문득 화산파의 도사, 무연 진인에게 들었던 이치가 떠올랐다. 본래 만물은 서로 의지하고 연관되어 존재하는 것[相依相存], 마침내 합일하면 사물과 마음이 하나가 되는[心物一如] 경지에 이르는 것이다.

"화(和)를 얻으면 마음이 저절로 일어나 검과 하나를 이루는데, 무학에서는 그것을 신검합일이라 한다. 나는 검기가 성하여 강기를 이룰지언정[劍氣成罡] 아직 합일하지 못하였다. 천하오절이나 신검합일을 넘어 그 이상을 바라볼까."

금정룡은 그렇게 말하고서는 눈을 지그시 감았다.

자명은 멍한 눈으로 금정룡을 바라보다 고개를 절레절레 저었다. 무학의 이야기를 들었지만, 자신으로선 오히려 서화의 이야기를 들은 것만 같다.

'오방색(五方色)이 조화를 이루지 못하면 그림이 난잡하게 변해 버리지. 서화 역시 오방색으로서 조화를 가장 먼저 배운다.'

그렇다면 태극은 무엇으로 배울까? 먹이다.

위(魏)나라 사람 왕필(王弼)이 체무용유론(體無用有論)에서 이르길, 만물은 하나의 법칙에 귀일한다[執一]고 했다.

태극에서 음양이, 음양에서 오행이 나왔듯 먹에서 오채가 나왔으니, 먹만으로 그림을 그린다는 것은 곧 하나의 법칙에 귀일하는 것이나 다름없다.

'수묵화!'

자명은 눈을 지그시 감았다. 문득 그림을 그리고 싶었다. 먹을 갈 때의 고요한 평화가 새삼스레 그리워졌다.

자명은 저도 모르게 주먹을 꼬옥 쥐었다.

'수묵화라면……'

자명은 할아버지의 노송도(老松圖)를 떠올렸다. 오래전에 보았던 그림이건만, 다시 떠올려 보니 그때와 다른 아름다움이 엿보인다. 자명은 마음속에 화폭을 펼쳐 놓고 한 획, 한 획 그것을 모사했다.

너른 바위 위에 앉아서 하늘을 구경하는 노인과 그 옆에 곧게 선 늙은 소나무. 자연지물 속에 사람이 있으나 사람의 모습이 이질적이지 않다. 주체로서의 자연과 객체로서의 인간이 조화를 이루어 마침내는 하나로 여겨지는 것이다.

　'그림의 주체와 객체가 합일하는 것도 아마 마찬가지일 거야.'

　자명의 호흡이 조금씩 느려지기 시작했다. 그와 동시에 기이한 일이 벌어졌다. 바람 한 점 일지 않는데 자명의 옷깃이 천천히 부풀기 시작한 것이다.

　하지만 그것을 모르는 자명은 인상만 찌푸릴 뿐이었다.

　'모, 모작하기 어렵네. 마치 무명도원도 같아. 할아버지의 그림이 이렇게 어려웠던가?'

　신개 양비자 어르신에게서 중용(中庸)과 화(和)의 이치를 배웠는데도 모작을 할 수가 없다. 마치 그 이상의 것이 필요한 것처럼, 그림이 심술을 부려대고 있었다.

　자명의 육신이 바르르 떨린 것은 바로 그맘때였다.

　"그만, 화공은 그만하시게."

　문득 장주랑의 차분한 목소리가 들려왔다.

　동시에 자명의 육신이 한차례 휘청거렸다. 조그마한 목소리에 불과한데 머릿속의 그림이 깨짐과 동시에 무명도원도의 호흡이 한차례 흔들린 까닭이었다.

　자명이 조그맣게 중얼거렸다.

　"어, 어라?"

　다시 눈을 떠보니 세상이 어지럽다. 자명은 미처 몰랐지만,

무학의 이치로 보자면 장주랑은 일부러 자명의 운공을 깨뜨린 것이나 마찬가지였다.

"조급한 마음을 버리시게. 인위(人爲)로써 얻으려 하면 오히려 잃게 될 것인즉."

어지럼증은 쉬이 나아지질 않았다. 오히려 속에서 무언가 뜨거운 것이 솟아올라 와 억지로 삼켜야 했다. 그것은 다름 아닌 진혈(眞血)이었다.

"이대로 가면 오히려 심마를 부르게 될걸세."

장주랑이 조그맣게 중얼거리고는 길게 한숨을 토해냈다. 그의 이마에서 식은땀이 물씬 배어 나왔다. 그저 운공을 방해하는 데에만 적지 않은 심력을 쏟아낸 것이다.

쏟아낸 것이 어디 심력뿐이겠는가.

'허어, 이만한 내공까지 소모했던가?

잠시 공력을 일으켜 보던 장주랑이 미간을 찌푸렸다. 고작 몇 마디 이야기를 했을 뿐인데, 제법 많은 공력이 사라져 있는 것이다. 장주랑이 못마땅하단 얼굴로 금정룡을 바라보았다.

"쯧쯧, 무성이란 사람이……."

하지만 장주랑은 금정룡을 탓할 수 없었다. 금정룡의 표정에도 놀람이 가득했던 것이다.

금정룡이 길게 신음을 토해내며 눈을 감았다. 훗날 도움이 되리라 여겨 몇 가지 무론을 전한 것뿐인데, 설마하니 바로 듣고 이해할 줄이야.

금정룡이 나직한 목소리로 중얼거렸다.

"천하오절에 비하자면 부족하겠으나… 낭왕(狼王)이나 나와는 동수일지도 모르겠군. 독괴께서 괴물을 낳았어."

장주랑의 눈에 이채가 떠올랐다. 잠시 알 듯 모를 듯한 시선으로 금정룡을 바라보던 장주랑이 고개를 저으며 자명 쪽으로 시선을 돌렸다.

아직도 어지러운지 자명이 고개를 갸웃하고 있었다.

"화공은 마음을 추스르셨는가?"

"예? 예. 아직 뭐가 뭔지 모르겠습니다만……."

"이만 돌아가 쉬시게. 피곤한 터이니 오늘은 푹 쉬어야 하지 않겠는가."

"예, 이만 물러나겠습니다."

아직까지 정신을 차리지 못한 자명이 고개를 홰홰 젓고는 조심스럽게 시립하여 예를 표했다.

아직도 어안이 벙벙하다. 할아버지의 노송도가 머릿속에서 떠나지 않는 것이다.

'이게 뭐람?

자명이 눈을 크게 깜빡이고는 힘겹게 객잔 입구로 향했다. 문성 장주랑과 무성 금정룡은 기이한 시선으로 그 모습을 바라볼 뿐이었다.

2

자명이 문무쌍성과 대화를 나누고 있을 즈음이었다.

혜운은 방에 도착하자마자 깡충 뛰어 침상에 뛰어들었다. 기쁨을 가누지 못해 팔다리를 파닥거리던 혜운은 이내 고개를 번쩍 들고는 다급히 내려와 자신의 옷차림을 점검했다.

'옷을 몇 벌이나 가져가야 하지? 오늘 입은 것 같은 예쁜 옷이 더 있을까?'

옷자락을 잡아당겨 보던 혜운이 입술을 비죽였다.

'아니야. 화공의 성품이 담담하니 틀림없이 얌전한 옷차림을 좋아할 거야. 오늘도 효과가 조금도 없었잖아.'

혜운은 그렇게 생각하며 문간 밖으로 달려갔다. 달려가며 목청껏 시비를 부르는 것도 잊지 않았다.

"홍 시비!"

"아가씨, 조신하지 못하게."

"으앗! 깜짝이야!"

도대체 언제 나타난 것일까!

문가에는 혜운보다 두세 살쯤 많을 법한 여인, 홍 시비가 근심스러운 표정으로 서 있었다. 놀란 가슴을 쓸어내리던 혜운이 그녀의 품으로 뛰어들었다.

"우와! 나 어떻게 해, 홍 시비! 좋아 죽겠어!"

"무슨 일이라도 있었나요, 아가씨?"

홍 시비가 눈을 둥그렇게 뜨고 혜운을 바라보았다. 그러자 혜운이 까르르 웃음을 터뜨렸다.

"나, 화공과 함께 합비에 가게 됐어!"

"어머나! 만나면 꼭 고백을 하겠다고 벼르시더니, 정말로 화공을 만나셨구나! 어떻게 됐어요?"

그 말에 이번에는 혜운의 얼굴이 울적하게 변하고 말았다. 기분이 나아지긴 했지만 산문 밖에서 화공의 마음을 확인했을 때 느꼈던 슬픔은 여전했던 것이다.

"그렇지 않아도 말하려 했는데… 이게 뭐야, 홍 시비. 홍 시비는 내가 말하기만 하면 화공과 같은 사람도 흘랑 넘어오고 말 거라며."

"마, 말씀하시는 것을 보아하니 통하지 않았나 봐요."

홍 시비가 당황한 얼굴로 말하자 혜운이 입술을 비죽거리며 그녀의 옆구리를 꼬집었다.

"아얏!"

"다 홍 시비 때문이야."

홍 시비가 꼬집힌 허리를 어루만지며 엄살을 부리더니, 곧 시무룩한 얼굴로 중얼거렸다.

"저는 그저 아가씨라면 누구도 거부하지 못할 것 같아서 한 소리라고요, 뭐."

혜운은 대답 대신 침상에 다가가 앉은 다음 손가락을 꼬물거렸다. 홍 시비가 혜운의 옆으로 다가가 앉았다.

"기운 내요, 아가씨. 아가씨의 말씀대로 같이 여행을 가게 된 거라면 기회는 엄청 많은 셈이니까."

혜운이 희미하게나마 미소를 지으며 고개를 끄덕였다.

홍 시비가 허리에 손을 척하니 얹었다.

"그리고 제가 있잖아요, 제가. 어디 보자, 아가씨가 예쁘게 보이려면 무슨 옷을 입어야 할까……."

홍 시비가 짐짓 생각에 잠긴 얼굴로 혜운에게서 고개를 돌렸다. 그와 동시에 그녀의 얼굴에서 웃음기가 사라졌다.

홍 시비는 차가운 얼굴로 아무도 없는 천장 쪽을 바라보며 전음입밀의 수법을 펼쳤다.

[황 노도 들으셨겠지요? 문무쌍성을 뵈어야겠어요.]

본래 전음은 무학이 경지에 이르지 않으면 펼치지 못하는 기예로, 아미파의 여고수였던 혜징 사태마저 쉬이 펼치지 못했던 상승의 절기였다. 주안술을 익혀 어리게 보일 뿐, 알고 보면 홍 시비 역시 강호에 드문 여고수였던 것이다.

순간 천장 어림에서 마찬가지로 전음성이 들려왔다.

[준비하겠습니다. 비연대(飛燕隊)는 얼마나 대기하라 이를 까요?]

[장중보옥의 출타이신데 함부로 할 수 있겠어요? 가능한 한 모두 대기하라 이르세요.]

홍 시비는 그렇게 말하고는 수줍은 얼굴로 생각에 잠겨 있는 혜운을 바라보았다.

본래 홍 시비는 과거 천검에게 구함을 받은 바 있는 무인으로, 무림맹의 비조각 중에서도 핵심인 비연대의 대주를 맡고 있는 여걸이기도 했다.

훗날, 암천이 발호하여 오절을 표적으로 삼는다는 것을 알게 된 무림맹에서는 천검의 손녀인 혜운을 보호하기 위해 비밀리에 무인을 파견하였는데, 그 임무를 맡게 된 것이 다름 아닌 홍국(洪菊), 홍 시비였던 것이다.

비연대주라는 신분에서 시비로 격하되었으니 기분이 나쁠 법도 한데, 홍 시비는 큰 불만을 가지지 않았다. 이러니저러니 해도 귀엽지 않은가 말이다.

혜운을 바라보며 미소 짓던 홍 시비가 얼른 몸을 일으켰다.

“그렇지. 얼마 전에 보았던 궁장 있지요? 그게 좋겠어요. 그걸 내가 어디에 뒀었더라?”

“나도 같이 가, 홍 시비!”

홍 시비가 총총걸음으로 방을 빠져나가자 혜운이 재빨리 그녀의 뒤를 쫓았다. 이것저것 준비를 하는데 정작 당사자가 빠질 수는 없는 노릇인 것이다.

그렇게 주인을 잃은 방에는 따스한 고요가 내려앉았다.

第二章
합비행(合肥行)

畫工 화공
道談 도담

1

다음날.

자명과 혜운, 홍 시비는 정오가 되기 전에 길을 나섰다. 혜공 성승의 언급도 언급이거니와, 자명의 마음이 몹시 급했던 까닭이다. 그런 자명의 마음을 짐작했는지, 문무쌍성은 사양치 말라며 마차를 한 대 내어주었다.

기이한 점은 문무쌍성 역시 비슷한 때에 와불객잔을 떠났다는 점이다. 혜운이 어디를 가느냐고 질문했지만 그들은 잘다녀오라는 당부만을 남길 뿐, 행선지를 알려주지 않았다.

걱정이 될 법한데도 문무쌍성이 별다른 기별 없이 사라지는 것을 수차례 봐왔던 혜운은 별다른 신경을 쓰지 않았다.

합비로 향한 지 보름 후.

마차는 보드랍게 부서지는 햇살을 뚫고 평여촌으로 달리고 있었다. 자명은 마차 밖으로 빠르게 사라지는 풍경을 바라보며 길게 한숨을 내쉬었다.

"하아—"

'그때는 왜 노송도를 모작하지 못했던 걸까?

와불객잔에서 있었던 일이 머릿속을 떠나지 않는다. 여태 마음으로 그림을 그리지 못한 적이 없었는데, 도대체 그때는 왜 그리지 못했던 걸까.

'혹시 물아일체를 이루지 못해서 그런 걸까?

화(和)를 이루면 마음과 사물이 저절로 하나가 된다고 했다. 혹시 그것을 이루지 못하여 그림을 그리지 못하는 것은 아닐까?

'아니야, 그럴 리가 없어.'

자명이 고개를 절레절레 저었다. 만약 그렇다면 지금까지는 어떻게 그림을 그려왔단 말인가! 생각해 보면 말이 되지 않는 소리였다.

'다시 한 번 해볼까.'

자명은 조심스럽게 주위를 둘러보았다. 혜운 소저는 마차 밖으로 상반신을 내밀어 바람을 즐기고 있었고, 홍 시비는 연신 '위험해요, 아가씨'를 외치며 그런 혜운을 말리고 있었다.

아무도 자신을 신경 쓰지 않는다는 것을 확인한 자명이 눈을 지그시 감았다. 마음에 화폭이 떠오르자 자명은 소나무의 울퉁불퉁한 가지를 따라 부드러운 획을 그어나갔다.

선묘법(線描法:선을 중심으로 묘사하는 방법)으로 소나무를 그려 나가는데, 붓을 먹물에 슬쩍 스치듯이 묻혀 갈필(渴筆)의 수법으로 선을 긋는다.

소나무는 근경(近境)으로서 다른 풍경보다 가까이 그리는데, 소나무의 뿌리나 가지가 화폭 밖으로 벗어나야 했다.

하지만 자명은 두 번째 획을 긋지 못하였다.

'역시 잘 안 되는구나.'

마치 무명도원도를 모작할 때 같았다. 다만 그때와 다른 것이라면 검은 땀이 나지 않는다는 점과 기력이 일찍 쇠하지 않는다는 점, 그리고 호흡이 가쁘지 않다는 점일 터였다.

'이상하다. 무명도원도의 호흡이 심술을 부리는 것 같진 않은데.'

무명도원도의 호흡이 심술을 부렸다면 아예 획을 전개하지도 못하였으리라.

자명이 허탈한 듯 한숨을 길게 내쉬었다. 그동안 실패만 겪다 보니 이제는 실망감도 들지 않는다.

그때, 자명의 귓가에 혜운의 환호성이 들려왔다.

"정말 오늘 안에는 평여촌에 도착한단 말이지, 황 노?"

"그럼요, 아가씨. 두어 시진이면 도착할 겁니다요."

마차를 몰던 황 씨 성의 마부가 웃음기 섞인 목소리로 대꾸했다. 흥분을 감추지 못한 혜운이 다리를 파닥이며 외쳤다.

"우와! 오랜만에 곽(郭) 숙부님을 뵙겠네!"

혜운의 입이 함지박만 하게 벌어졌다. 홍 시비가 혜운의 옷자락을 잡아당기며 말했다.

"아가씨, 몇 번이나 위험하다고 말씀드렸잖아요. 어서 내려오세요."

홍 시비는 그렇게 말하며 자명을 흘끔거렸다. 사내 앞이니만큼 조금이라도 조신을 떨면 좋으련만, 아가씨는 천방지축으로 까불고만 있는 것이다.

하지만 정작 화공의 표정은 덤덤하기만 했다.

'적응된 게지, 적응된 게야.'

혜운의 이런 모습을 자연스럽게 받아들일 정도면 이미 적응이 될 대로 된 것일 테다. 홍 시비는 다행이라는 듯, 동시에 안쓰럽다는 듯 자명을 바라보고는 혜운을 재촉했다.

혜운이 상쾌하게 웃으며 몸을 빼 자리에 앉았다.

"화공! 오늘 안에 평여촌에 도착한대요!"

"예, 저도 들었습니다만……."

평여촌에 도착한다는 것은 알겠지만, 곽 숙부라는 사람이 누구인지는 잘 모르겠다.

혜운은 그제야 자신이 머리도, 꼬리도 자른 채 본론만 이야 기했다는 것을 알고 멋쩍은 표정을 지었다.

"평여촌에는 곽 숙부께서 기거하시는 산운장(山雲莊)이 있어요. 곽 숙부는 유쾌하고 웃음 많은 분이신데, 신기한 귀물도 많이 가지고 계시고, 또······."

"곽 대인께서는 아가씨의 부친 되시는 서영권 대협과 막역지우(莫逆之友)였던 분이십니다. 성함으로는 궁(穹) 자에 산(散) 자를 쓰시지요. 재사와 사귀는 것을 즐기시고 기예를 아끼시는 까닭에 당금 강호에서는 집예(集藝)라는 외호로 유명합니다."

홍 시비가 혜운을 도와 말을 맺었다. 혜운은 그런 홍 시비를 못마땅하다는 듯 노려보았다.

"곽궁산 대인께서 평여촌에 머물고 계셨군요."

자명의 입에서 작은 감탄이 새어 나왔다.

곽궁산이라는 이름은 자명도 들어본 적이 있었다. 기예를 몹시 좋아하는 낙향초자가 있는데, 금음서화 가릴 것 없이 두루 통달하여 알아보지 못할 기예가 없다 했다.

성정이 기괴한 탓에 그의 장원에서는 가진 재주에 따라 대접을 달리하는데, 그곳에서 귀한 대접을 받는다는 것은 곧 천하에 자신을 증명하는 일이나 마찬가지였다.

“화공도 들어본 적이 있나 봐요?”

“예, 그렇습니다.”

자명이 고개를 두어 번 끄덕였다.

혜운이 반색하며 미소를 지었다. 보름 동안 고민거리가 있
는 사람처럼 끙끙 앓기만 하던 화공이 마침내 자신의 말에 반
응을 보이는 것이다. 기대와 달리 조용하기만 했던 여행길에
실망이 이만저만이 아니었던 혜운이었다.

“어쩌면 오늘은 꼼짝없이 그림을 그리게 될 수도 있어요,
화공. 곽 숙부님은 서화라면 사족을 못 쓰시니까.”

혜운이 기대감 어린 눈으로 자명을 바라보았다.

“화폭이 작다면 모르겠으나 그렇지 않다면 그림을 그리는
데 오랜 시간이 소요됩니다. 기예가 없다 해도 문전박대를 하
지는 않는다고 들었으니, 예가 아니더라도 사양코자 합니
다.”

“에이, 그게 뭐야.”

혜운이 대뜸 실망한 표정을 지었다. 자명이 쓴웃음을 지으
며 대답했다.

“여태 길만 재촉하였으니 죄송한 마음을 금할 길이 없습니
다, 혜운 소저. 하지만……”

“알았어요, 알았어.”

더 듣기 싫다는 듯 혜운이 고개를 돌려 버렸다. 그러더니

문득 떠오른 것처럼 자명을 불렀다.

"그런데 도대체 무슨 생각을 하고 계신 거예요? 보름 내내 생각에만 잠겨 있으시잖아요."

보름 동안 대화가 아예 없던 것은 아니지만, 혜운의 성에 찰 만큼은 아니었다. 표정이 하도 진지하여 방해하지 못했지만, 이렇게 기회가 생겼으니 놓쳐서는 아니 될 터였다.

"예? 저 말씀입니까?"

자명이 눈을 동그랗게 뜨자 혜운이 고개를 끄덕였다. 그에 자명이 멋쩍은 얼굴로 대답했다.

"그림을 생각하고 있었습니다. 문무쌍성께서 말씀하신 것이 머릿속에서 떠나지 않아서요."

"정말로 그림만 생각하신 건가요?"

혜운이 거짓말하지 말라는 듯 눈을 가늘게 뜨고 자명을 바라보았다.

"글쎄요."

자명은 생각에 잠긴 표정으로 눈을 지그시 감았다. 정말로 그림만을 생각해 왔던 것일까? 그건 아닌 것 같다. 때때로 합비에 대한 생각에 빠지곤 했던 것이다.

"그림 외에 다른 생각도 한 것 같습니다."

혜운이 시무룩한 얼굴로 질문했다.

"남궁 언니 생각을 하신 건가요?"

"어쩌면 그럴 수도 있겠지요."

대답을 듣고 보니 한숨이 절로 터져 나온다. 혜운이 어깨를 늘어뜨리고는 입술을 비죽거리며 말했다.

"남궁 언니의 미인도를 본 적이 있어요. 제가 본 그림 중에 가장 예쁜 그림이었지요."

"그랬던가요?"

자명이 그렇게 말하며 미소를 지었다.

그 모습이 밉살스러워진 혜운이 고개를 휙 돌리고는 입술을 비죽거렸다. 그리고는 누구도 듣지 못하게 '화공은 못됐어, 남궁 언니만 좋아하고' 라며 투덜거리기 시작했다.

하지만 투덜거림은 이내 한숨으로 변해 버리고 말았다.

"하아—"

'하지만 그 그림은 정말로 아름다웠어.'

혜운은 남궁화란의 미인도를 다시 떠올려 보았다. 화공의 그림이 아름답다는 것이야 예전부터 알고 있던 것이지만, 남궁 언니의 미인도는 특별히 빼어난 데가 있었다. 그림에 배어든 애잔한 그리움이 보는 이의 마음마저 저릿하게 할 정도였으니 말이다.

잠시 그림을 떠올려 보던 혜운이 고개를 번쩍 들었다.

"아앗!"

"왜 그러십니까, 소저?"

자명이 당황한 표정으로 물었지만 혜운은 대답하지 않았다. 남궁화란의 미인도에서 이상한 점을 하나 발견했던 것이다.

'맞아, 미인도 속의 남궁 언니는 노리개를 하고 있었어.'

문득 청성산으로 향하던 때가 떠올랐다. 휴식을 위해 일행이 멈추었을 무렵, 화공이 남궁 언니에게 무언가를 건네주던 모습을 본 적이 있었던 것이다.

그리고 그날부터 남궁 언니는 이전에 없던 노리개를 패용하고 있었다. 바로 미인도에 나온 노리개 말이다.

"화공, 청성산으로 가던 길에서요, 남궁 언니에게 무언가를 주었었지요?"

"예? 혜운 소저가 그걸 어찌 아십니까?"

"다 아는 수가 있지요. 그때 무얼 주었던 건가요?"

혜운은 눈을 가늘게 뜨고 자명을 바라보며 물었다. 자명이 떨떠름한 얼굴로 중얼거렸다.

"노리개였습니다. 우연히 보게 된 노리개가 화란 아가씨께 어울릴 듯하여……."

"나도 사줘요!"

혜운이 초롱초롱한 눈망울로 자명을 바라보며 외쳤다.

자명이 난감한 표정을 지었다. 가진바 재물이 많다면 하나쯤 사줄 수도 있지만, 그간의 여정에서 은자들을 대부분 소용해 버렸다. 합비까지 갈 정도의 노자는 있지만, 처지가 빈한하니 함부로 소용할 수가 없는 것이다.

"나도 사줘요. 나한테도 노리개 하나쯤은 있어야지. 예쁜 걸로 하나만 사줘요."

"아가씨, 갑자기 그런 소리를 하시면 실례예요."

홍 시비가 끼어들어 혜운에게 눈짓을 해 보였다. 짐짓 꾸중하듯 말하고 있었지만, 표정은 재미있어 죽겠다는 표정이다.

"왜 그래, 홍 시비?"

"상대가 원치 않는 요구를 하는 것은 예에서 어긋나요, 아가씨. 상대를 성가시게 할 수도 있다고요."

"그, 그런가?"

혜운이 심장이 덜컥 내려앉은 표정을 지었다. 그리고는 재빨리 눈동자를 굴려 자명을 살피기 시작했다. '고작 두 번밖에 조르지 않았는데, 자신을 성가시게 여기면 어떻게 하지' 하는 고민이 묻어나는 시선이었다.

홍 시비는 하마터면 웃음을 터뜨릴 뻔했다.

'아가씨도 안됐어요. 생각이 그대로 얼굴에 드러나니.'

노심초사 화공을 살펴보던 혜운은 이제 안도의 한숨을 내쉬고 있었다. 화공이 자신을 성가시게 여기지 않는다고 생각한 모양이었다.

홍 시비는 또다시 솟아오르는 웃음을 애써 참아내야 했다.

해가 서쪽에 걸렸을 무렵, 마차는 평여촌(平興村)에 도착했다. 혜운은 또다시 마차 밖으로 상반신을 내밀고는 평여촌의 면면을 구경했다.

"원래 작은 곳이었는데, 시끌벅적하게 변했네. 와, 당과 판다! 화공, 당과 먹을래요?"

"아니요, 저는 괜찮습니다."

자명이 쓴웃음을 지으며 고개를 절레절레 저었다. 그러다 보니 문득 홍 시비와 눈이 마주쳤다.

홍 시비는 민망하여 자명의 시선을 피했다. 까불고 떠드는 것은 혜운인데 정작 자신이 더 민망했던 것이다.

무어라고 재잘거리며 시장을 구경하던 혜운이 마차 밖으로 한층 더 깊이 몸을 뺐다.

"잠깐! 마차 좀 세워줘, 황 노(黃老)!"

마차 밖으로 떨어지지나 않을까 걱정이 될 정도로 몸을 내민 혜운이 곧 환호성을 터뜨렸다.

"우와, 노리개다!"

혜운은 부귀보옥(富貴寶玉)이라는 상점을 바라보고 있었다. 옥을 깎아 만든 비녀나 은으로 장식한 노리개 등을 팔고 있는 상점이었다.

혜운은 마차가 서자마자 바람 같이 밖으로 달려나갔다.

"구경하고 가요, 화공. 가자, 홍 시비!"

"에휴—"

홍 시비는 한숨을 내쉬고 말았다. 상대가 성가시게 여길지도 모른다고 경고했거늘, 아가씨는 아예 들은 척도 하지 않는 것이다. 벌써부터 밖에서는 '이거 예쁘다! 얼마예요?' 하는 소리가 들려오고 있었다.

홍 시비는 고개를 절레절레 젓고는 자명을 바라보았다.

"여기서부터는 걸어가야 할 것 같습니다, 진 공자. 아가씨께서 저잣거리를 구경하고 싶은 모양이니……."

"저는 괜찮습니다."

미소를 지어 보인 자명이 소매를 더듬어 전낭을 한차례 어루만졌다.

'가진바 재물이 얼마 없긴 하지만…….'

마차를 얻어 타게 되었으니 여비는 벌써 많이 아낀 셈이다. 그토록 거절했는데도 식대 또한 혜운 소저가 내곤 했으니 그에 보답하는 것도 나쁘지 않으리라.

'노리개 하나쯤은 괜찮겠지.'

자명은 전낭을 꺼내 들고 마차에서 내렸다. 상점 앞에서는 혜운이 노리개를 들고 엄청나게 실망한 얼굴로 주인장을 바라보고 있었다.

"은자 열 냥? 이렇게 작은 게?"

"그게 바로 화전하(和田河)에서 온 옥입지요, 아씨. 짙은 녹색일수록 상질의 것인데, 아씨께서 쥔 옥의 색을 보십시오. 색이 짙지 않습니까? 아씨께서 들고 계신 것은 이런 조그마한 마을에 있을 옥이 아니라 저기 황도에서나 볼 수 있는 옥이랍니다."

주인장이 희망에 가득 찬 얼굴로 말하였다. 마차를 타고 다닐 정도라면 필시 귀한 신분일 터, 이런 옥 노리개쯤 하나 사는 것은 그리 어려운 일이 아닌 것이다.

혜운이 마차에서 내린 자명을 바라보며 침을 꿀꺽 삼켰다.

"저기요, 화공. 이 노리개 어때요?"

"…잘 어울립니다."

자명이 떨떠름한 어조로 중얼거렸다. 은자 몇 냥이면 될 줄 알았는데, 설마하니 열 냥이나 필요하게 될 줄은 몰랐다. 전낭 속에 열 냥이 조금 넘는 은자가 있긴 했지만, 예상보다 많은 돈을 쓰게 생긴 것이다.

자명은 한숨을 길게 내쉬고는 애써 미소를 지어 보였다.

"그것이 마음에 드시는지요, 혜운 소저?"

"아니요. 색이 너무 짙어서 별로예요. 열 냥이라니, 너무 비싸기도 하고."

혜운이 짐짓 모른 체 노리개를 내려놓았다. 화공의 표정을 보고 그 사정이 빈한하다는 것을 짐작한 것이다.

동시에 가슴이 철렁 내려앉는 기분도 들었다. 조금 전에는 아닐 것이라고 생각했는데, 지금 보니 홍 시비의 이야기가 맞을 수도 있겠다.

'서, 설마하니 화공이 성가셔 하지는 않겠지?'

그렇게 생각하고 보니 화공의 표정이 남달리 보인다. 마치 '저렇게 조르니 어쩔 수 없이 사줄 수밖에 없겠구나' 하고 생각하는 것만 같았다.

'남궁 언니는 자기가 먼저 사줘놓고.'

혜운이 입술을 비죽거리며 다른 노리개를 쥐어 들었다. 노리개를 고르고는 있었지만, 이미 손에서 기운이 몽땅 빠진 지 오래였다.

"이거는 얼마예요?"

"정말 잘 고르셨습니다! 안목이 뛰어나신 분이로군요. 그것은 저 먼 서역에서 세공한 것으로, 은자 스무 냥입지요."

"됐어요, 됐어."

혜운이 울적한 얼굴로 노리개를 내려놓았다. 조금 전보다 더 비싼 것을 골랐으니 할 말이 없게 되었다. 심지어는 더 이상 노리개를 구경할 생각도 들지 않았다.

"가요, 화공."

혜운이 시무룩한 얼굴로 자명을 불렀다. 자명이 고개를 가웃하며 혜운을 바라보았다.

“고르지 않으시려고요?”

“네. 다음에 사도 괜찮아요.”

혜운의 말투는 몹시 조심스러웠다. 화공이 혹시라도 자신을 성가시게 여기지는 않을까 하는 걱정이 든 까닭이었다.

역시나, 화공의 표정에는 난색이 떠올라 있었다.

“그래도 지금 사시는 편이 낫지 않겠습니까?”

자명은 별생각없이 말했지만, 혜운은 그 말투가 ‘다음에 또 귀찮게 할 바에야 그냥 지금 사두라’는 것 같다고 생각했다. 혜운의 어깨가 울적하게 내려앉았다.

“정말로 괜찮……”

“아니야, 내가 봐도 지금 사는 것이 좋을 것 같구나. 오랜만에 질녀를 만났으니 이 숙부가 노리개 하나쯤은 사주어야 하지 않겠느냐!”

우렁찬 목소리가 들려오자 혜운의 고개가 휙 돌아갔다. 저만치서 청색 장포를 둘러 입은 중년 사내가 걸어오고 있었다.

“곽 숙부!”

“오늘쯤 당도한다는 소리를 듣고 내 한참을 기다렸지! 어디, 우리 혜운이 잘 자랐는가 볼까?”

시무룩한 표정으로 있던 혜운이 재빠르게 달려가 곽궁산의 품에 안겼다. 곽궁산의 몸이 휘청거렸다.

“어이쿠, 이제는 제법 무겁구나.”

"오랜만이에요, 곽 숙부."

"오냐, 오냐. 여정이 길었다고 들었는데, 피곤하지는 않느냐?"

"흥, 알고 보면 저도 강호의 여고수라고요. 이 정도쯤은 아무렇지도 않아요."

혜운이 곽궁산의 품에서 벗어나 어깨를 으쓱해 보이며 말했다. 곽궁산은 그런 혜운의 머리를 쓰다듬어 주었다.

"하하하! 과연 그렇구나! 아미파에서 수년을 고련했으니 강호의 여고수라 할 만하지! 한데 노리개는 아니 살 테냐? 이 숙부에게 그만한 돈은 있느니라."

혜운의 표정이 다시금 씁쓸하게 변해갔다. 혜운은 자명을 흘끔흘끔 살피며 말했다.

"…노리개는 다음에 살 거예요."

곽궁산의 시선도 혜운을 따라 자명에게로 향했다. 곧 그의 눈에 이채가 떠올랐다. 혜운과 자명을 번갈아 바라보던 곽궁산이 퉁명스러운 어조로 입을 열었다.

"하! 이제 보니 노리개를 사야 할 사람은 따로 있었군. 그래, 자네가 감히 나의 질녀를 채찍질하듯 재촉하여 예까지 오게 만든 장본인이렷다?"

자명이 당황한 얼굴로 머리를 숙여 보였다.

"화공 진자명이 곽궁산, 곽 대인을 뵙습니다. 이리 급히 오게 된 데는 까닭이 있으니 해량하여 주시길 바랍니다."

"으하하! 농담일세, 농담이야. 한낱 촌부인 내가 어찌 묵월 검랑을 박대할 수 있겠는가! 평여촌에 잘 오셨네!"

문인라기보다는 무인이 아닐까 싶을 만큼 기골이 장대한 곽궁산이 너털웃음을 터뜨리며 자명의 어깨를 두드렸다. 손에 담긴 힘이 얼마나 거센지 어깨가 다 아플 지경이었다.

"자, 이만 들어가서 식사나 하세. 산운장에 으리으리한 음식들을 가득 차려놓았지."

곽궁산은 그렇게 말하며 성큼성큼 몸을 돌렸다. 떨떠름한 얼굴의 자명과 그런 자명을 훔쳐보는 혜운, 그리고 재미있어 죽겠다는 듯 미소 지은 홍 시비가 그 뒤를 따랐다.

2

산운장에는 가히 호화롭다 할 만한 음식들이 차려져 있었다. 본래 량채(凉菜)부터 시작하여 열채(熱菜)가 나오는 것이 정석인데, 예법에 따를 것 없이 벌써부터 열채를 가득 차려놓은 것이다.

상석에 앉은 곽궁산이 호탕하게 웃으며 식탁을 두드렸다.

"자, 예의 차릴 것 없네, 예의 차릴 것 없어. 어서 저를 드시게나."

간단한 축사라도 할 법한데, 다짜고짜 식사나 하자는 곽궁산이었다. 사람됨이 몹시 호방하여 허례허식에 구애됨이 없는 것이다.

혜운은 더 볼 것 없다는 듯 참새를 튀겨 만든 화화작(和花雀)에 저를 가져갔고, 자명 역시도 저를 들어 올렸다.

혜운이 볼 한가득 음식을 우물거리며 곽궁산에게 물었다.

"숙부, 자의(子儀) 가가는 어디에 계세요?"

곽자의는 곽궁산의 독자로, 산운장의 소장주였다. 객이 찾아왔으니 응당 모습을 비추어야 할 텐데, 아무리 찾아도 곽자의가 보이지 않는 것이다.

곽궁산이 대수롭지 않게 대답했다.

"복마전(伏魔殿)에 있다."

"복마전이 어딘데요?"

음식을 꿀떡 삼킨 혜운이 산니백육(蒜泥白肉)에 저를 가져가며 물었다. 곽궁산이 자작하여 술을 한 잔 마시고는 호탕하게 웃었다.

"하하하! 이런, 한 번에 알아들을 줄 알았는데 그러지 못했으니, 꼼짝없이 반역의 죄를 뒤집어쓰게 생겼군. 내 복마전이라 한 곳은 다름 아닌 황궁이니라. 못난 아들인 줄만 알았는데, 과거를 몇 번 치더니 어느새 황궁까지 이르렀지."

"축하드려요, 곽 숙부!"

"축하는 무슨. 제 입에 풀칠이나 하면 족하다 그리 말했거늘, 설마하니 조정에 들 줄이야. 내 심려가 이만저만이 아니란다."

곽궁산의 말에 자명이 당혹스러운 표정을 지었다. 곽궁산이 조정을 지나치게 업수이 여기는 것이 아닐까 싶었던 것이다.

"음? 묵월검랑의 시선이 이상하군. 설마하니, 관아에 밀고를 할 참은 아니겠지?"

"아니, 아닙니다."

"하하하! 그렇다면 내 입이 상스러움을 욕하고 싶은 모양이로군. 자네가 양해하게. 더는 벼슬하지 못하고 낙향한 것도 입이 이 모양이라 그런 것이니."

그렇게 말한 곽궁산이 의미심장한 얼굴로 자명 쪽으로 몸을 기울였다.

"그보다 이렇게 묵월검랑을 만나게 되었으니 그림을 한 점 청하지 않을 수 없지. 민망한 말이네만, 사실 나는 서화라면 사족을 못 쓴다네."

"어, 저기……."

자명이 난감하다는 표정으로 중얼거렸다. 그림을 그리는 데는 본래 오랜 시간이 소용되니, 한시바삐 합비로 가야 할 지금은 그릴 수가 없는 것이다.

"흐음, 어렵겠는가?"

"지금은 해가 진 까닭에 채광이 좋질 못하거니와, 내일까지 유숙하기에는 시간이 촉박합니다. 다음번에 들러 모자란 재주나마 선보일까 하니, 부디 양해해 주십시오."

"그렇다면 어쩔 수 없지."

곽궁산의 표정이 눈에 띄게 어두워졌다. 못내 아쉬운 듯 턱수염을 쓰다듬던 곽궁산이 문득 무언가를 떠올린 듯 눈을 빛냈다.

"그렇지, 그렇지! 그러면 되겠군! 여봐라!"

잠시 무어라고 혼잣말을 중얼거리던 곽궁산이 손을 휘저어 시비를 불러들였다. 시비가 다가오자 귓속말로 몇 가지를 명령한 곽궁산이 껄껄 웃으며 술잔을 들어 올렸다.

"저기, 무슨 복안이 있으신지요?"

왠지 모르게 불안해진 자명이 조심스럽게 질문했다. 그러자 곽궁산이 너털웃음을 터뜨렸다.

"천하의 묵월검랑을 이렇게 보낸다면 산운장의 체면이 어떻게 되겠는가! 나는 자네의 재주를 보지 않고는 도저히 보내줄 수가 없네. 하지만 자네의 일정이 급하니 그림을 그리라 억지를 부릴 수도 없지."

"그러면 어찌하겠다는 말씀이신지……."

자명이 도무지 모르겠다는 얼굴로 질문했다. 곽궁산이 턱

수염을 쓰다듬으며 대꾸했다.

"나는 자네의 안목을 보고자 하네. 자네의 재주가 뛰어나다면 안목 역시 그러할 테니 말이야. 식사는 마치셨는가?"

자명이 고개를 끄덕이며 저를 내려놓았다. 양껏 배를 채운 혜운도 '안목은 어떻게 보는데요?' 라고 물으며 엉덩이를 들썩였다.

"그렇다면 이쪽으로 오시게."

몸이 달 대로 단 사람처럼 자리에서 일어난 곽궁산이 자명과 혜운을 재촉하여 내채로 안내했다. 내채에 들어서도 한참이나 걸음을 옮기는 것이, 나름 중요한 방으로 데려가는 듯했다.

자명이 불안한 듯 질문했다.

"도대체 어디로 가시는지요?"

"바로 이곳일세! 들어가세나."

곽궁산이 껄껄 웃으며 걸음을 멈추고는, 마주한 방의 문을 활짝 열어젖혔다.

방의 벽면에는 한 필의 족자가 걸려 있었는데, 멀찍이 태워놓은 유등이 족자를 환히 밝히고 있었다. 자명은 그림을 보자마자 움직임을 멈추고 말았다.

"이 그림은……."

자명이 멍한 얼굴로 곽궁산을 바라보자 곽궁산이 껄껄 웃으며 고개를 끄덕였다.

"무례랄 것 없으니 가까이 가서 보시게."

자명은 몇 걸음을 더 내디뎌 그림 가까이 다가섰다. 곽궁산이 이채로운 시선으로 바라보는 가운데서 자명이 작은 탄성을 토해냈다.

"아아!"

화폭에는 늙은 나무가 가지를 늘어뜨리고 서 있었다. 나무 위에는 이름 모를 새 한 마리가 앉아 있는데, 청량한 바람과 함께 새의 지저귐이 들리는 듯했다.

나무 앞에는 한 명의 선비가 서서 우측의 허공을 올려다보고 있었는데, 그 모습에 세속의 때는 묻어 있지 않았다. 그저 여유롭게 자연을 관조하며 세월의 흐름을 지켜보는 선인이 있을 뿐이었다.

선비가 바라보는 허공에는 새 한 마리가 날갯짓을 하고 있었다. 화면은 거기서 끝났으나 끝없는 여백은 그림의 확장을 불러일으키고 있었다.

"그래, 어떠한가?"

곽궁산의 목소리가 나직하게 들려왔다. 자명은 곽궁산 쪽으로 시선을 돌렸다.

"이러한 명화를 어찌……."

채화당이나 황궁, 혹은 고관대작의 장원에나 걸려 있을 법한 그림이었다. 언뜻 보기에도 신품, 쉬이 구할 수 있는 그림이 아닌 것이다.

"내 오랜 벗이 구해준 그림이라네."

곽궁산이 씁쓸한 어조로 중얼거리고는 옆에 조용히 서 있는 혜운의 머리를 쓰다듬었다. 무슨 이유에서인지 혜운이 한숨을 내쉬며 고개를 떨어뜨렸다.

"나는 저 그림으로 자네의 안목을 시험하려 하네. 그래, 자네의 눈에는 무엇이 보이는가?"

자명이 다시 그림 쪽으로 시선을 돌리고는 혼잣말처럼 중얼거렸다.

"그림의 구도는 변각구도(邊角構圖)입니다."

그림의 중심은 좌하(左下)에 자리한 나무뿌리에 있었다. 나무가 자라나 우측으로 가지를 뻗으니, 그림은 곧 좌측에서 우측으로 확장되는 셈이었다.

나무를 등지고 서서 하늘을 바라보는 선비와 창공을 헤엄치는 새 역시 마찬가지였다. 선비의 시선이 우측의 허공을 바라보고 있으며, 창공을 헤엄치는 새가 향하는 곳 역시 우측인 것이다. 근경과 달리 원경(遠境)의 풍경은 안개 속에 잠긴 듯 여백으로 가득했다.

"또한 나뭇가지는 구륵법(鉤勒法)으로 그려진 듯합니다."

"구륵법이라… 북종화를 이름인가?"

곽궁산이 차분한 어조로 질문했다.

"아니요, 그것은 아닙니다."

자명이 고개를 절레절레 저었다.

외형을 먼저 그리고 그 안을 채색하는 구륵법은 북종화에서 자주 쓰이는 것이 맞기는 하다. 사의함을 중시하는 남종화에서는 구륵법 대신 몰골법(沒骨法)이나 선묘법을 주로 사용하는 것이다. 그러나 이 그림은 북종화로 구분하기에는 어려운 점이 많았다.

"정서가 담담하고 색채가 소박하니, 오히려 남종화에 더 가깝다 할 수 있습니다."

"하! 그렇다면 그림이 누구의 것인지도 알겠는가?"

곽궁산이 짧게 감탄을 내뱉으며 질문을 던졌다. 자명은 물끄러미 곽궁산을 바라보더니 잠시 뒤에야 입을 열었다.

"나뭇가지의 늘어진 모양이 마타지(馬拖枝)와 같고, 변각구도 역시 마일각(馬一角)이라 할 수 있습니다. 그것도 가히 신필이라 할 만한 경지의 화인이 그린 것. 마원(馬遠), 마조(馬祖)의 산경춘행도(山經春行圖)가 아닌가 싶습니다."

"대단하군, 대단해!"

곽궁산이 연신 감탄을 토해냈다.

마원은 남송 때의 사람으로, 원체산수화(院體山水畵)를 대표하는 화인이자 하규(夏珪)와 함께 마하파(馬夏波)의 시조라 불리는 대가였다. 곽궁산의 집에 걸린 그림은 인세에 보기 드문 명화였던 것이다.

자명이 곽궁산에게서 시선을 떼어 그림을 바라보며 조그맣게 혼잣말을 주워섬겼다.

"하지만 이 그림에서 중요한 것은 구도와 기법과 같은 형식이 아닙니다."

형식은 물론 중요하다. 성인의 그림이 예와 법을 따르지 않는 것은 예와 법을 모르는 것이 아니라 이미 그것을 깨닫고 이해하여 법이 없음을 법으로 삼았기 때문인 것이다.

하지만 서화에 있어 가장 중요한 것은 따로 있다.

'무릇 서화는 기운이 생동해야 하고 신기가 살아 있어야 한다, 그러려면……'

자명은 그림을 바라보다 말고 눈을 지그시 감았다.

'화공의 마음, 나의 뜻이 서 있어야 해.'

과거, 무명도원도의 호흡 덕택에 그림을 그리지 못한 적이 있었다. 그 문제를 해결하기 위해 화론서나 경전들을 수도 없이 읽었는데, 그때에 한 가지 문장을 읽은 적이 있다.

'장언원이 이르길, 의는 붓보다 앞서 있으며 그림이 끝나도 의가 존재하니, 이것은 신기(神氣)를 온전히 강조하였기 때문[意存筆先, 畵盡意在, 所以全神氣也]이라고 했지.'

자명은 눈을 지그시 감았다.

'마음이 붓보다 앞서 있다.'

자명은 가슴 한구석이 답답해지는 것을 느꼈다. 무언가 알 것 같으면서도 감이 잡히지 않는 것이다.

"허어—"

곽궁산이 자명을 바라보다 말고 길게 한숨을 내쉬었다. 곽궁산의 옆에 서 있던 혜운이 고개를 갸웃하며 자명을 불렀다.

"화공, 왜 갑자기 말씀이 없……."

"쉿! 조용히 하여라."

곽궁산이 다급히 손사래를 쳤다. 혜운이 의아한 얼굴로 곽궁산을 바라보았다.

"화공이 깨달은 바가 있는 듯하니 함부로 방해해서는 안 될 것이다."

"깨달은 바가 있다니요?"

"저 그림을 그린 사람은 마하파의 시조인 마원으로, 재주가 신인의 경지에 달한 화공이란다. 그러니 저기서 화공이 무엇을 얻는다 해도 이상한 일은 아닐 테지."

혜운이 고개를 두어 번 끄덕였다. 무인들의 곁에서 자란 혜운은 청정에 든다는 것이 어떠한 의미를 지니고 있는지 잘 알고 있었던 것이다.

"하아—"

혜운이 작은 한숨을 내쉬며 자명을 바라보았다. 자신은 아

직 노리개에 대한 생각을 떨치지 못했거늘, 화공은 또다시 자
신의 세계로 침잠해 버리고 말았다.

혜운의 마음이 무거워진 것은 당연한 일일 터였다.

第三章
마음을 빼앗긴다는 것

화공도담

畵工
道談

화공도담

畵工
道談

1

혜운의 울적함은 시간이 지나도 나아지지 않았다. 아니, 오히려 나빠졌다는 말이 옳을 터였다. 화공이 자신을 성가셔 한다는 생각이 머릿속에서 떠나질 않는 것이다.

사실, 그 생각은 이미 확신이 되어 있었다.

'나는 망했어.'

산운장의 방에 자리를 잡아 짐을 풀어놓을 때도, 침상에 들었을 때도 온통 망했다는 생각뿐이었다.

혜운은 한숨을 길게 내쉬었다.

'이제 어쩌지.'

　화공의 기분을 풀어줄 방법을 찾아보았지만 쉽게 떠오르질 않는다. 혜운은 침상에 누워 천장을 바라보다가 이내 안고 있던 침두(枕頭:베개)에 머리를 파묻어 버렸다. 숨이 갑갑해지자 혜운은 고개를 들고 숨을 푸, 내쉬었다.

　'노리개를 사달라고 조르지 말 걸 그랬어.'

　혜운은 그렇게 생각하며 몸을 빙글 돌렸다. 그때 객실의 문이 열리더니 홍 시비가 모습을 드러냈다.

　"주무시려고요, 아가씨?"

　"나 어떻게 하지, 홍 시비?"

　혜운이 침두를 꼬옥 움켜쥐며 질문했다. 홍 시비가 다가와 헝클어진 침상을 정리하며 반문했다.

　"어떻게 하다니, 그게 무슨 말씀이세요?"

　"화공 말이야. 아무래도 내가 성가시게 한 것 같아."

　홍 시비가 어깨를 으쓱하더니, 면피(棉被:솜이불)를 툭툭 두드려 깨끗하게 펼쳤다. 그리고는 혜운이 아무렇게나 벗어놓은 옷가지를 가져와서 혜운의 옆에 앉아 개기 시작했다.

　"음, 확실히 성가시게 하기는 했지요."

　"차라리 조르지 말 걸 그랬어. 조금 더 친해지고 나서 부탁하는 건데."

　"사람이 갑자기 변하면 일찍 죽는대요, 아가씨. 평소라면 투덜거리셨을 분이 어울리지 않게."

그건 혜운도 동의하는 바였다. 평소였다면 투덜거리는 것을 넘어서 배운 재주를 다하여 화공을 골탕 먹였을 것이다.

하지만 지금은 그러고 싶지가 않았다. 시간을 되돌릴 수만 있다면 그때로 돌아가 실수를 바로잡고 싶은 기분이었다.

옷가지를 잘 개어 챙겨둔 홍 시비가 미소를 지으며 그런 혜운을 돌아보았다.

"마음을 빼앗긴다는 말이 있지요, 아가씨."

혜운이 그게 무슨 시답잖은 소리냐는 듯한 시선으로 홍 시비를 바라보았다. 홍 시비는 가느다란 눈을 돌려 혜운의 시선을 피했다.

"연모하는 감정이 들면 자신의 행동인데도 자기 뜻대로 되지 않으니, 마음을 빼앗겼다고 말할 수밖에요. 지금 아가씨처럼 말이에요."

혜운이 울적한 얼굴로 고개를 끄덕였다. 홍 시비가 이렇게 똑똑할 줄은 미처 몰랐다. 설마하니 자신의 마음을 들여다본 것처럼 콕 찍어 말할 줄이야.

"하지만 마음을 빼앗겼다고 너무 초조해하다가는 정작 중요한 기회를 놓칠 수도 있어요. 정히 마음에 걸린다면 차라리 화공과 대화를 해보는 것은 어때요? 제가 보기에는 그게 더 나을 것 같은데."

혜운이 침두를 껴안은 채로 벌떡 자리에서 일어났다.

“그래도 괜찮을까?”

“그럼요. 최소한 상대가 자기를 어떻게 생각하는지는 알아야 할 것 아니겠어요? 저라면 차라리 차를 한잔 청하겠어요. 그리고…….”

“화공이 어디에 있더라?”

혜운이 다급히 침상 밖으로 뛰어나오며 외쳤다. 홍 시비가 어깨를 으쓱거리며 대답했다.

“아직도 그림을 보고 계시지요.”

“나 다녀올게!”

혜운이 더 들을 것 없다는 듯 방 밖으로 뛰쳐나갔다.

자명은 여전히 그림을 바라보고 있었다. 무언가 잡힐 것 같으면서도 잡히지 않는 기분이 들어 견딜 수가 없었다. 문득 가슴 깊숙한 곳에서 한숨이 배어 나왔다.

“하아—”

자명의 한숨과 동시에 끼이익, 하는 소리가 들려왔다. 자명이 의아한 표정으로 고개를 돌려보니, 열린 문 뒤로 혜운이 멋쩍은 얼굴로 서 있는 것이 보였다.

“늦은 시간에 어쩐 일이십니까, 혜운 소저? 이른 아침에 출발하게 될 터인데 주무시지 않고…….”

“잠이 오질 않아서요. 화공은 안 주무세요?”

혜운이 조심스레 자명에게로 다가오며 말했다.

"저도 잠이 오질 않아서요."

그렇게 말한 자명이 다시 그림으로 시선을 돌렸다. 어느새 자명의 옆에 선 혜운이 자명을 따라 그림을 올려다보았다.

"예쁜 그림이지요?"

"예, 정말 그렇습니다."

자명이 한숨처럼 대답했다. 조용히 그림을 바라보던 혜운이 이내 작은 미소를 머금었다.

"이 그림, 본래 우리 아버지의 것이었어요."

"예?"

혜운의 말을 이해하지 못한 자명이 고개를 갸웃했다.

"아버지께서 곽 숙부와 의형제의 예를 맺을 때에 예물로 주었던 그림이래요. 제가 태어나기 한참 전에요."

"그랬군요."

이제야 알겠다는 듯 자명이 고개를 끄덕였다. 혜운은 아련한 시선으로 그림 속의 선비를 바라보았다.

"아미산에서 가끔 곽 숙부를 뵈러 오면 이 그림을 하염없이 바라보곤 했어요. 아버지는 내게는 유품 하나도 남기지 않았거든요."

혜운이 눈을 지그시 감았다. 곽 숙부는 그림을 하염없이 바라보는 자신을 보면 늘 머리를 쓰다듬어 주곤 했었다.

"곽 숙부는 그림 속의 선비가 우리 아버지를 닮았대요."

그래서 혜운은 그림에다가 말을 걸어보곤 했었다, 어린 나이에 혹시나 그림 속의 선비가 뒤를 돌아보지는 않을까 해서.

한 번도 본 적 없는 아버지가 어떻게 생겼는지, 자기를 보고 어떤 미소를 지었을지 궁금해서 한 번만 돌아봐 달라고 그림 속의 선비를 조르곤 했었다.

"하지만 그림 속의 선비는 뒷모습만 보여줄 뿐, 고개를 돌리지 않았어요. 나는 아버지 얼굴도 모르는데, 딱 한 번만 봤으면 좋겠는데."

혜운이 조그맣게 중얼거리며 고개를 푹 숙였다. 자명은 그런 혜운을 바라보며 작은 미소를 머금었다.

"저도 그랬었지요."

"화공도요?"

혜운은 몰랐지만 자명에게는 혜운과 놀랍도록 닮은 추억이 하나 있었다. 오채문 할아버지가 돌아가신 후, 자명은 무명도원도를 하염없이 바라보기만 했던 것이다.

"우리도 닮은 데가 있네요. 헤헤."

자명이 고개를 끄덕이자 혜운은 히죽 미소를 지었다.

잠시 따듯한 침묵이 흘렀다. 본래 서로를 이해하는 사람들 사이에는 그리 많은 말이 필요하지 않은 법이다. 자명과 혜운은 자신의 마음을 바탕으로 상대의 마음을 이해했다.

잠시 그렇게 서 있던 혜운의 얼굴이 문득 붉게 달아올랐다. 용기가 나지 않는 듯 입술을 달싹이던 혜운이 한참 뒤에야 힘겹게 입을 열었다.

"사, 사실 나는 미안하다는 소리를 하러 왔어요, 화공."

"예? 무엇을 말입니까?"

자명이 의아한 얼굴로 혜운을 돌아보았다. 혜운이 붉은 얼굴로 더듬더듬 말을 이어나갔다.

"노, 노리개를 사달라고 졸라서요."

노리개 이야기가 나올 때는 목소리가 아예 기어가는 듯했다. 혜운은 고개를 모로 돌리고서 눈동자만 데구루루 굴려 화공의 모습을 훔쳐보았다.

"괜찮습니다. 저는 아무렇지도 않으니 너무 신경 쓰지 마세요."

"정말로 아무렇지도 않았나요?"

혜운이 시무룩한 어조로 질문을 던졌다.

"제가 귀찮다고 생각한 건 아니고요?"

혜운은 자기의 말에 자기가 놀라 당황한 표정으로 눈을 끔뻑였다. 이렇게 단도직입적으로 물을 이야기가 아닌데, 함부로 말을 꺼내고 말았다.

쥐구멍이라도 있으면 숨어들어 가고 싶은 기분이었다.

하지만 입은 자신의 뜻대로 움직이지 않았다. 화공이 무어

라 말하기도 전에 입이 저절로 열리더니, 해서는 안 될 소리
를 마구 꺼내고 만 것이다.

"사실 나는 못됐거든요. 아미산에서도 그랬어요. 사형제들
이 나와 놀아주지 않으면 대황(大黃)을 잔뜩 먹이고, 꾸중하
는 사람이 있으면 도망을 치고 그랬거든요. 아마 사람들은 다
나를 귀찮아할 거예요."

혜운이 침울한 얼굴로 입술을 비죽였다. 그때에는 상대의
기분을 전혀 생각하지 않았었다. 상대가 어떻게 생각하든 나
와 무슨 상관이랴 싶었던 것이다.

하지만 화공만큼은 달랐다. 화공이 자신을 미워할까 겁났
고 자신을 성가시게 여길까 두려웠다. 상대가 자기를 미워한
다면 더욱 못된 짓을 해서 괴롭혀 주었을 테지만, 화공에게만
큼은 도저히 그럴 수 없었다.

자명은 물끄러미 혜운을 바라보았다.

"하지만 혜징 사태는 혜운 소저를 귀찮아하지 않던데요."

미움과 악의로 인한 장난이었다면 틀림없이 혜운 소저는
고립되었을 것이다. 하지만 혜징 사태는 화를 낼지언정 혜운
소저를 귀찮아한 적은 없었다. 그녀의 장난은 짓궂은 것이었
지만, 동심에 가까운 데가 있었던 것이다.

"저는 정말로 괜찮아요, 혜운 소저."

혜운이 조심스러운 시선으로 자명을 바라보았다. 그 말이

진심인지 거짓인지 확인이라도 하려는 듯이.

자명은 흔들림없는 시선으로 그런 혜운의 눈을 주시했다.

잠시 뒤, 혜운이 밝은 미소를 머금었다. 어찌나 안도했는지 혜운의 눈에는 눈물이 한 방울 매달려 있었다.

"다행이다."

자명은 하마터면 웃음을 터뜨릴 뻔했다. 혜운 소저의 마음이 손에 잡힐 듯 보인 까닭이었다. 자명은 저도 모르게 손을 뻗어 혜운의 머리를 한차례 쓰다듬었다.

혜운이 번쩍 고개를 들었다.

'이, 이크!'

혜운의 머리를 쓰다듬던 자명이 얼른 손을 거두었다. 무심코 머리를 쓰다듬은 걸로 화를 내면 어쩌나 싶었던 것이다.

하지만 혜운은 화를 내기는커녕 밝은 미소를 짓고 있었다.

"화공, 지금 내 머리 쓰다듬었지요?"

"혹시 제가 결례를 한 것이라면……."

"또 해줘요!"

혜운이 까르르 웃으며 외쳤다. 그리고는 이내 겁먹은 표정을 지었다. 노리개를 사달라고 졸랐던 것을 자책하던 때가 바로 조금 전인데, 금세 그것을 잊고 또다시 상대를 성가시게 하나 싶었던 것이다.

혜운이 멋쩍은 듯 중얼거렸다.

“…그, 그러니까 화공만 괜찮다면요.”

자명이 미소를 지으며 혜운의 머리를 다시 한차례 쓰다듬었다.

혜운은 자명의 손길을 느끼며 천천히 눈을 감았다. 기억도 나지 않는 어린 시절에 느꼈을 아버지의 손길처럼 포근한 행복이 머리끝에서 느껴졌다.

하지만 그녀의 얼굴은 이내 목덜미까지 붉어지고 말았다. 심장이 두근두근거리고, 마치 나쁜 짓을 하듯 부끄럽고 민망했다. 혜운은 자명의 손길에서 머리를 빼고는 아주 천천히 뒷걸음질쳤다.

“어, 나, 나는 갑자기 졸리네요, 화, 화공.”

혜운의 걸음이 조금씩 빨라졌다. 그러더니 눈을 질끈 감고 몸을 돌려 아예 달음박질쳐 방을 빠져나간다.

“조, 좋은 밤 보내요, 화공!”

혜운이 우당탕탕 뛰어가는 소리가 들려왔다. 자명은 웃음을 머금은 채 그런 혜운의 뒷모습을 바라보았다.

“하아—”

잠시 뒤, 고요한 방 안에 작은 한숨 소리가 들려왔다. 한숨을 내쉰 자명은 소매를 더듬어 전낭을 어루만졌다.

‘밤이 깊긴 했지만……’

도대체 무슨 생각을 한 것일까? 전낭을 만지작거리던 자명이 고개를 절레절레 젓고는 방을 빠져나갔다.

휘영청 밝은 달이 뜬 어느 날의 일이었다.

2

자명과 혜운이 대화를 나누고 있을 즈음이었다.

무림맹이 자리한 섬서성 안강에는 봄비가 부슬부슬 내리고 있었다. 무림맹의 본당인 창룡검전도, 창룡검전의 뒤편에 자리한 후원도… 모두 봄비에 물들어 청량한 빛을 내뿜었다.

제갈경은 봄비를 바라보며 기침을 내뱉었다.

"쿨럭, 쿨럭!"

습기를 머금은 낡은 고택에서는 퀴퀴한 냄새가 났다. 그렇지 않아도 폐를 다쳐 호흡이 쉽지 않았던 제갈경은 미간을 잔뜩 좁히며 가슴을 움켜쥐었다. 한때는 비를 좋아했거늘, 이제는 잠시 구경하는 것조차도 불가능하다.

제갈경은 고개를 절레절레 저으며 창문을 닫았다. 빗방울 소리마저 잦아들자 완벽한 고요가 내려앉았다. 제갈경은 앞에 놓인 지도로 시선을 돌렸다.

도대체 왜일까?

공연히 마음이 신산스러웠다. 까닭없이 가슴 한구석이 일렁이고 심장이 내려앉는 기분이 들었다. 어쩌면 그것은 며칠 전에 있었던 회의 때문일지도 모른다.

'고리타분한 자들이야.'

며칠 전에 있었던 무림맹의 회의를 떠올린 제갈경이 얼굴을 구겼다. 잠깐의 승리에 취해 눈이 멀어버린 무림 명숙들을 떠올리자 속이 뒤집어지는 듯했다.

'정보의 중요성을 모르는 자들이지.'

제갈경이 지도에 손을 얹고는 몇 차례 손가락을 두드렸다.

무림맹은 사천을 제외한 대부분의 지역에서 승리를 거두고 있었다. 한 손이 열 손을 당해낼 수는 없는 법, 암천은 무림맹을 상대하지 못하고 패하여 퇴각하기 바빴던 것이다.

하지만 그것은 온전한 승리가 아니었다. 그저 승부를 유예하여 뒤로 미룬 것뿐이었다.

무림맹은 암천을 사천에 몰아넣어 단번에 일소할 계획을 세웠고, 그를 위해 도주하는 적들을 쫓지 않았던 것이다.

그 계략은 일견 수월하게 진행되는 듯했다.

'하지만……'

제갈경이 등받이에 몸을 파묻고는 턱을 긁적거렸다.

'쉬워도 너무 쉬워.'

본래 제갈경은 암천을 몰아내는 데 이 년여의 시간이 걸리리라고 예상했다. 하지만 암천은 반년도 채 되기 전에 밀려나고 있었다, 마치 그들 스스로가 물러나기를 원하는 것처럼.

때문에 비조각의 증원을 요청했거늘, 무림 명숙들은 무인들의 숫자가 부족하다며 그 제안를 거절했다. 그들은 잠깐의 승리에 취해 정보의 중요성을 망각한 것이다.

'무언가 놓친 것이 있어.'

제갈경은 깊은 상념에 젖어들었다. 생각은 또 다른 생각을 불렀고, 그렇게 일어난 생각은 봄비처럼 머릿속을 물들였다.

"하아—"

한참 동안 미동도 않던 제갈경이 한숨을 내뱉었다.

'알 수가 없구나, 알 수가 없어.'

제갈경은 울적한 얼굴로 지도를 두르르 말아 옆에 치워놓고는, 위쪽에 놓여 있던 종이뭉치를 집어 들었다. 맹주의 행적이 저쳐 있는 서류였다.

제갈경의 얼굴에 미소가 떠올랐다.

'대단하더구려, 맹주.'

맹주의 야심을 짐작한 제갈경은 그를 실각시킬 준비를 시작했다. 비조각의 정보원들을 회유하여 독자적인 비선(秘線)을 구축했고, 외부로 서신을 보내어 무인들을 규합했다.

하지만 그 일은 번번이 가로막히곤 했다. 비선의 대부분은 맹주에게 노출되었고, 외부로 보내야 할 서신들은 길을 잃었다. 제갈경은 맹주에게 손발을 잘린 채 후원에 갇힌 것이나 마찬가지였던 것이다.

'그대의 심계만은 내 인정하지 않을 수 없소.'

그때, 어디선가 헛기침 소리가 들려왔다. 고개를 들어보니 문가에 무림맹주 엄세진이 우두커니 서서 물끄러미 자신을 바라보고 있는 것이 보였다.

제갈경이 읍하여 예를 표했다.

"쿨럭, 쿨럭! 이 야심한 밤에 어쩐 일이십니까, 맹주?"

"당금 강호가 이처럼 혼란스러운데 어찌 잠을 이룰 수 있겠는가? 앞으로의 정세에 대한 조언을 얻고자 들렀네."

무림맹주 엄세진이 푸근한 미소를 지으며 말했다. 제갈경은 자연스러운 태도로 종이뭉치를 한데 모아 옆으로 치웠다.

"앞으로의 정세라… 쿨럭! 무엇을 논하고자 하시는지요?"

"글쎄, 어떤 문파를 살리고 어떤 문파를 죽일지 논해보면 어떨까?"

엄세진의 말투는 담소를 나누듯 부드러웠으나 그 말을 들은 제갈경의 얼굴은 딱딱하게 굳고 말았다. 맹주가 처음으로 자신의 야심을 밝힌 것이다.

제갈경은 눈을 지그시 감았다.

'벌써 때가 온 것인가?'

제갈경이 자신을 실각시키려 한다는 것을 알면서도 맹주는 제갈경을 제거하지 못했다. 아직까지는 제갈경의 계책이 필요했던 것이다.

하지만 지금은 상황이 달라졌다. 맹주가 자신의 야심을 꺼내 보인다는 것은, 곧 나름의 결심이 섰다는 뜻이나 다름없는 것이다.

'내 보잘것없는 목숨이야 언제 끝나도 상관없지만, 아직은… 아직은 때가 아니야.'

아직 준비가 완료되지 않았으니 조금은 더 살아남아야 했다. 하지만 아무리 생각해도 회생의 기회가 보이지 않는다.

무림맹주 엄세진이 말을 이어나갔다.

"머지않아 암천은 호북과 합비로 밀려날 걸세. 사실 합비 쪽은 이미 그렇지."

본래 무림맹의 계획은 양동작전이었다. 무림맹을 양분하여 강남과 강북에 집중한 다음, 강남무림은 북쪽으로, 강북무림은 남쪽으로 암천을 압박했던 것이다. 머지않아 암천은 중원의 중앙인 호북과 합비로 밀려나게 될 터였다.

"이제 서쪽으로 압박하기만 하면 된다네. 예상보다 쉬이 일이 진행되었지. 다행인 일이야. 암, 다행이고말고."

엄세진이 흡족하게 웃으며 말하였다.

제갈경이 쓴웃음을 머금었다.

"…무슨 말씀인지 알겠습니다. 쿨럭, 쿨럭! 무당파와 남궁세가를 저울질하고 계셨군요."

호북을 대표하는 문파는 무당파고, 합비를 대표하는 문파는 남궁세가였다. 맹주는 둘 중 하나를 지워 버릴 계획인 것이다.

"바로 그렇다네. 둘 다 내게는 눈엣가시거든. 하나쯤은 치워두는 게 좋겠어."

"그렇다면 남궁세가가 낫겠군요."

제갈경이 조금의 망설임도 없이 말하였다.

엄세진이 눈썹을 치켜올리며 반문했다.

"어찌하여 그러한가?"

"소림과 무당은 무림의 태산북두. 굳이 하나를 버려야 한다면 무당보다는 남궁세가가 낫겠지요."

"나도 그렇게 생각하긴 했네. 하지만 무당을 도와야 한다니 배알이 뒤틀려서 말이야."

"무당은 끝까지 살아남을 것입니다. 그렇게 되면 맹주께서는 무당에 진 빚을 되갚아야 할 테지요. 쿨럭, 쿨럭! 하지만 남궁세가는 그런 위험이 없습니다. 필시……."

제갈경이 눈을 질끈 감았다.

"암천의 공격을 이겨내지 못할 테니까요."

"그렇군, 그래."

엄세진이 수염을 쓰다듬으며 나직하게 중얼거렸다.

제갈경은 쓴웃음을 머금으며 의자에 등을 기댔다.

"이제 제 이야기를 해볼까요."

"그게 무슨 소린가?"

"크, 크흠. 제 목숨을 거두러 오신 것이 아닙니까?"

제갈경이 부들부들 떨리는 손으로 가슴팍을 움켜쥐었다. 기침을 참아내려고 했지만 잘되지 않는 것이다.

"맞네. 자네의 추측이 맞아."

"두렵지… 쿨럭, 쿨럭! 두렵지 않습니까?"

결국 기침이 터져 나오고 말았다. 입에서 비릿한 피 맛이 느껴졌다. 제갈경은 기침과 함께 핏덩이를 토해내고 만 것이다.

엄세진이 뒤틀린 미소를 지으며 말했다.

"하하하! 감히 내게 두렵지 않느냐고 물은 건가?"

"본래 보이는 칼날보다 보이지 않는 칼날이 더 무서운 법이지요."

"미안하지만 나는 이미 자네가 숨겨둔 칼날을 보았네."

엄세진이 천천히 제갈경에게 다가왔다. 제갈경은 맹주에게서 시선을 떼지 않으려 애쓰며 기침을 내뱉었다.

"쿨럭, 쿨럭! 그게 전부라고 생각하십니까?"

"사실, 전부가 아니어도 나는 자네를 죽여야 한다네."

제갈경이 말문이 막힌 얼굴로 엄세진을 바라보았다.

"물론 나 역시 자네를 놓치기 싫다네. 암천을 상대하는 데에는 자네만 한 인재가 없거든. 하지만 이제는 어쩔 수가 없네. 이러다가는 내 자리를 잃을 것 같으니 말일세."

엄세진이 아쉽기 짝이 없다는 듯한 표정으로 중얼거리고는 제갈경의 어깨를 한차례 두드렸다. 그와 동시에 제갈경이 거세게 기침을 토해냈다. 엄세진이 제갈경의 중부혈(中府穴)에 경력을 쏘아 보낸 것이다.

"사실 자네를 회유해 볼까 생각했었네. 하지만 자네는 너무 강직했어."

"쿨럭, 쿨럭!"

제갈경의 기침은 멎을 생각을 하지 않았다. 폐의 모혈이라는 중부혈을 얻어맞았으니 도저히 견딜 도리가 없는 것이다. 고통스러운 듯 가슴을 쥐어짜던 제갈경은 피를 몇 모금 토해낸 후에야 기침을 거두었다.

제갈경이 거세게 호흡을 들이켰다.

"하아, 하아―"

"자네를 고문해 볼까도 생각했었네. 자네가 무슨 일을 했는지 궁금했거든. 하지만 자네는 너무 약했어."

"클클, 그래, 그랬군요."

제갈경이 핏빛으로 얼룩진 이를 드러내며 웃었다.

엄세진이 제갈경에게로 몸을 기울였다.

"이제 자네의 목숨은 일다경도 채 남지 않았네. 어차피 죽을 마당이니 솔직하게 말해주게. 무슨 짓을 한 겐가?"

“클클클, 물론 궁금하시겠지요.”

제갈경의 호흡이 조금씩 느려졌다. 마치 가슴이 아니라 목구멍으로 호흡하는 듯한 기분이었다. 제갈경은 수십 년의 피로를 한 번에 느끼며 맹주를 올려다보았다.

“맹주께는 다행스럽게도… 나는 아직 완전히 준비하지 못했소이다. 하아, 하아―”

엄세진은 아무 말 없이 제갈경을 바라보았다. 이미 청명함을 잃어버린 탁한 안광이 줄기줄기 쏟아져 나왔다.

“하지만 그것만으로도… 맹주의 인생은 지루할 틈이…….”

엄세진이 고개를 절레절레 저으며 몸을 일으켰다. 더 기다려 봐야 소용없겠다 생각한 것이다.

엄세진은 고택 밖으로 걸음을 옮겼다.

“자네는 폐병이 깊어져 목숨을 잃은 걸세. 무림맹은 자네의 업적을 기리는 비를 세우고 자네를 기념하는 전각을 만들 길세. 무림의 일은 걱정 말고 편히 가시게.”

문가에 선 엄세진이 걸음을 멈추고 제갈경을 돌아보았다.

“그간 고마웠네.”

그것이 끝이었다. 엄세진이 고택을 빠져나가자 싸늘한 침묵이 주변을 맴돌았다.

제갈경은 시야가 흐릿해지는 것을 느꼈다. 한 번만이라도 시원하게 호흡을 들이켰으면 좋겠는데, 아무리 애를 써도 숨이 쉬어지지 않는다.

'이렇게 끝인가.'

제갈경은 눈을 지그시 감았다. 안타까움이 남아 사라지지 않는다. 조금만 더 시간이 있었다면 맹주를 완벽하게 실각시킬 수 있었을 터였다. 암천을 상대함에 있어 놓친 부분도 결국에는 알아내고 말았을 것이다.

'죽음이라… 죽음!'

그때였다. 제갈경이 눈을 부릅뜨며 입술을 깨물었다.

"죽음……?"

암천은 사천에 갇히면 명맥을 유지할 수가 없다. 천하무림과 전면전을 벌인다면 완패, 살아남을 자가 없는 것이다.

하지만 만약 암천이 그걸 원한 것이라면…….

'내가, 내가 잘못 생각했어.'

제갈경은 전신에서 힘이 몽땅 빠져나가는 것을 느꼈다. 그는 힘없는 얼굴로 거친 호흡을 내뱉으며 손을 부르르 떨었다.

세상에 이렇게 고약한 경우가 있을 수 있는가! 답을 얻은 순간이 곧 생의 마지막 순간이라니.

'…미안하네, 친구들.'

제갈경이 헐떡이듯 숨을 들이켰다. 들이켠 숨은 금세 한숨처럼 새어나갔다. 그것이 제갈경의 마지막 순간이었다.

‘자네들에게 맡기는 수밖에 없겠어.’

입즉사를 파훼했던 희대의 진법가이자 한자리에 앉아서 천하의 정세를 꿰뚫어 보던 지략가, 제갈경이 마지막으로 한 생각은 바로 그것이었다.

第四章
소망과 욕망

화공도담

畫工
道談

1

그로부터 한 달의 시간이 지났다.

자명의 일행은 팔공산(八公山)을 지나 남하하고 있었다. 등봉현을 출발한 지 두어 달 만에 합비 부근에 도착하였으니, 예정보다 훨씬 빠른 일정이라 할 수 있었다. 이는 사실 자명의 마음이 급한 까닭에 일행은 쉴 새 없이 말을 달렸던 것이다.

마차의 안에 앉아 있던 자명이 가슴을 한차례 쓸어내렸다.

'도대체 왜 이럴까?

합비로 가까이 가면 갈수록 가슴이 시큰거리고 마음이 초조해졌다. 화란 아가씨를 생각하면 초조함은 두 배가 되었다. 순조로운 여정이거늘, 무언가 잘못되어 간다는 느낌을 감출 수가 없는 것이다.

'화란 아가씨.'

화란 아가씨에게 무슨 일이 있는 것은 아닐까. 자명은 아랫입술을 질끈 깨물고는 고개를 절레절레 저었다.

'아니야, 별일없을 거야.'

자명이 그렇게 불길한 상념을 지우려 애쓸 때였다. 그렇지 않아도 조금씩 느려지던 마차가 완전히 정차하고 말았다. 곧 마부가 마차의 문을 열고 자명에게 머리를 조아렸다.

"아무래도 쉬었다 가야 할 것 같습니다, 진 공자."

"그게 무슨 말씀이신지요?"

"말들이 너무 지쳤습니다. 이대로 달렸다가는 말들이 어찌 될지 모릅니다."

자명의 안색이 어두워졌다. 초조한 마음이 아직 사라지지 않았거늘, 이렇게 멈춰서야 한단 말인가! 할 수만 있다면 무리를 해서라도 달려가고 싶은 심정이었다.

"여기서 합비가 그리 멀지 않습니다. 비록 말들이 지쳤다고는 하나 머지않아 도착할 테니 조금만 더 고생한다면……."

"진 공자의 말씀도 옳긴 합니다만, 한 놈이 거품을 무는 모습이 아무래도 심상치가 않아요. 잘못하면 급하게 가려다가 도리어 늦어질 수도 있겠습니다요.”

자명이 씁쓸한 얼굴로 한숨을 길게 내쉬었다.

“그렇다면 잠시 쉬었다 가는 수밖에 없겠군요.”

“심려를 끼쳐 드려서 죄송합니다.”

“아닙니다. 황 마부께는 죄송한 마음뿐입니다. 쉴 새 없이 길만 재촉하였으니…….”

“저야 그게 일인 것을요.”

마부가 고개를 조아려 보이고는 말들 쪽으로 몸을 옮겼다.

마차의 안에 있던 혜운이 크게 기지개를 켰다.

“후아—”

화공의 마음이 급해 보여 감히 말을 꺼내지는 못했지만, 쉬었다 가고 싶은 마음이 간절했던 혜운이었다. 그녀는 마차가 서자마자 쪼르르 밖으로 달려나갔다.

자명도 혜운의 뒤를 쫓았다. 밖의 풍광을 바라보며 불안한 마음을 달래보려는 것이다.

자명과 혜운이 사라지자 마차 안에는 홍 시비만이 남게 되었다. 홍 시비가 눈을 지그시 감고는 조그마한 목소리로 입을 열었다.

“어떻게 되었나요, 황 노?”

“두 명을 먼저 합비로 보냈습니다.”

말을 돌보는 체하며 마차 안에 귀를 기울이고 있던 마부가 대답했다.

"그렇군요. 그 두 분은 언제쯤 돌아오게 되지요?"

"이미 돌아올 때가 지났습니다, 대주. 그리 오래지 않아 도착할 것입니다."

아무도 보는 이 없거늘, 홍 시비는 홀로 고개를 끄덕였다. 그녀는 등을 기대어 편안하게 앉은 다음, 손을 무릎 위에 얹고 손가락을 두드렸다.

마부를 제외하면 셋뿐인 단출한 일행이었지만, 마차를 호위하는 무인들의 숫자는 결코 적지 않았다. 비밀리에 주위를 경계하거나 척후의 역할을 맡는 것 등이 그들의 임무였다.

평여촌에서 곽궁산이 일행의 도착을 미리 알았던 것도 먼저 출발한 무인들이 상황을 전해주었기 때문이다.

그것은 지금도 마찬가지였다. 두 명의 척후조가 먼저 합비의 상황을 알아오게 되어 있는 것이다.

"이상한 일이지요, 황 노?"

한참 동안 생각에 잠겨 있던 홍 시비가 입을 열었다.

마부가 의아한 목소리로 대답했다.

"무슨 말씀이십니까?"

"다른 누구도 아닌 천검의 손녀의 외유입니다. 암천이 손을 뻗을 것이라는 것은 삼척동자도 짐작할 수 있을 거예요.

하지만 우리, 여기까지 오는 동안 암천의 마두들을 본 적이 있던가요?"

뒤늦게 홍 시비의 말을 이해한 마부가 신음성을 내뱉었다. 잠시 말의 갈기를 어루만지던 마부가 무거운 어투로 입을 열었다.

"그동안 우리는 아가씨의 행적을 감추는 데 총력을 기울여 왔습니다, 대주."

"암천이 아무것도 모르고 있다는 뜻인가요?"

"그렇습니다."

홍 시비가 희미한 미소를 지으며 고개를 끄덕였다. 마부의 말이 옳을 수도 있다. 비연대의 노고가 마침내 빛을 발했다고 생각하면 모든 것이 해결되는 것이다.

"그럴 수도 있고, 아닐 수도 있겠지요."

홍 시비가 나직한 목소리로 말을 이어나갔다.

"만약 아니라면, 어쩌면 암천에게는 아가씨의 행적보다 중요한 다른 일이 있는 것일지도 모릅니다."

"아가씨의 행적보다 중요한?"

"합비에 암천의 마두들이 몰려 있다고 들었습니다. 복수라면 어떨까요?"

마부는 더 이상 말이 없었다. 홍 시비도 대답을 기대하지는 않았는지, 무심한 얼굴로 창밖을 바라볼 뿐이었다. 창밖에서는 화공과 혜운 아가씨가 서서 노을을 즐기는 모습이 보였다.

잠시 무거운 침묵이 흘렀다.

그렇게 얼마가 지났을까? 조용히 말의 잔등을 어루만지던 마부가 신음을 내뱉으며 입을 열었다.

"으음, 대주의 말씀이 옳을지도 모르겠군요."

"그게 무슨 소립니까?"

"합비로 보냈던 두 명이 돌아왔습니다."

마부가 불길한 어조로 중얼거렸다.

부드러운 바람이 자명의 옷깃을 흔들었다. 자명은 작은 미소를 머금고는 들판의 풍광을 바라보았다. 노을이 진 하늘, 추운 겨울을 이겨내고 자라난 들꽃이 자명의 불안한 마음을 조금이나마 위로해 주었다.

혜운은 그런 자명을 흘끔흘끔 훔쳐보았다.

'벌써 합비에 거의 다 왔네.'

합비에 도착하면 화공은 남궁 언니에게로 가버릴 것이었다. 혜운이 시무룩한 얼굴로 뒷짐을 지고 서서 발끝으로 흙바닥을 헤집었다.

'화공이 합비에 가지 않고 나와 함께 있는다면…….'

혜운이 고개를 절레절레 저었다. 그렇게 되면 화공이 슬퍼할 터였다. 남궁 언니에게 가는 것도 못마땅하지만, 화공이 슬퍼할 거라고 생각하니 아예 속이 뒤틀리는 느낌이었다.

"무슨 생각을 하십니까, 혜운 소저?"

"예? 나, 나는 아무 생각도 하, 하지 않았어요."

화공을 생각하고 있었던 혜운이 깜짝 놀라 아무렇게나 중얼거렸다. 자명이 이상하다는 듯 그런 혜운을 바라보았다.

목덜미까지 붉어진 혜운이 손가락으로 자명이 바라보던 꽃을 가리켰다.

"그, 그러니까 화공이 무얼 보고 있나 궁금해서……."

"아아, 이것은 자화지정(紫花地丁:제비꽃)입니다."

"자, 자화지정?"

자명이 고개를 두어 번 끄덕였다. 혜운의 시선이 자명이 바라보던 꽃으로 향했다. 자색의 자그마한 꽃이 바람에 흔들리고 있었다.

혜운은 자명을 흘끔거리고는, 아예 앞에 앉아 꽃을 내려다보았다. 손바닥반 한 작은 풀이 새삼 귀엽게 느껴졌다.

"이게 다 자란 건가요? 작네."

"예, 그렇습니다. 그 옆에 핀 것은 고채(苦菜:씀바귀)입니다. 키는 크지만 꽃은 역시 작지요."

혜운이 입을 헤벌리고 꽃을 내려다보았다. 화공이 예쁘다고 해서 그런지 조그마한 꽃이 그 어떤 꽃보다도 아름답게 느껴졌다. 혜운은 저도 모르게 꽃을 두어 송이 꺾었다.

자명이 의아한 얼굴로 혜운을 바라보았다.

"왜 그러십니까?"

"가, 간직하려고요."

혜운이 쑥스러운 듯 대답하고는 손을 내려다보았다. 손바닥 위에 손톱만 한 작은 꽃이 애처롭게 놓여 있었다. 혜운의 미간이 잔뜩 좁혀졌다.

'이상하다. 조금 전에는 예쁘게 보이더니, 지금은 하나도 안 예뻐 보이네.'

순간 손안에 있는 것이 꽃이 아니라 풀잎 부스러기처럼 느껴졌다. 혜운이 못마땅한 얼굴로 꽃을 버리고는 이번에는 자화지정을 꺾으려 무릎을 굽혔다.

'아니야, 이것보다는 저게 더 예뻐 보여.'

혜운이 고개를 들고 조금 더 멀리 있는 꽃을 바라보았다. 꽃을 바라보던 혜운이 자명을 흘끔 돌아보았다.

자명이 고개를 끄덕이며 대답해 주었다.

"압삼초(鴨杉草:달개비)입니다."

혜운이 환하게 웃으며 꽃을 꺾으러 달려나갔다. 하지만 압삼초를 한 송이 꺾어 들자 또다시 표정이 변하고 만다. 꺾기 전에는 그렇게 예뻐 보이더니, 손에 넣기만 하면 못난이도 그런 못난이가 없는 것이다.

게다가 한 송이를 꺾고 나면 또 다른 예쁜 꽃이 눈에 보였다. 꺾어 쥔 꽃보다 훨씬 아름답게 느껴지는 꽃들이었다.

혜운이 고개를 갸웃했다.

"화공, 화공은 무슨 꽃이 제일 예뻐 보여요?"

"제게는 모두 다 아름답게 느껴집니다."

"쳇, 그래도 더 예쁘게 느껴지는 것이 있을 것 아니에요. 나는 저 꽃이 제일 예뻐 보이는데."

혜운이 손가락으로 멀리 있는 압삼초를 가리켰다.

자명이 혜운을 물끄러미 바라보았다. 혀를 차며 투덜거리던 혜운이 당황한 표정을 지으며 목을 움츠렸다.

"왜, 왜 그렇게 보세요, 화공?"

"꺾은 꽃이 마음에 드십니까?"

"아니요."

혜운이 손에 놓인 작은 꽃들을 바라보다 말고 시무룩하게 고개를 저었다. 자명이 부드럽게 웃으며 말을 이어나갔다.

"어쩌면 아름다움은 덧없는 것일지도 모릅니다."

"예? 덧없는 것이요?"

혜운이 의아한 얼굴로 자명을 바라보았다.

자명이 혜운의 손에 놓인 꽃을 가리켰다.

"가지기 전에는 그토록 아름답고 고귀해 보이던 것이 막상 손에 넣고 나면 순식간에 향기와 아름다움을 잃고 시들어 버리고 말지요."

혜운이 뜨끔한 표정을 지었다. 그녀는 저도 모르게 자신의 손에 놓인 꽃들을 어루만졌다.

"그리고 가장 아름다운 것들은 항상 멀리 있고, 손에 닿을 수 없는 것처럼 보이게 마련입니다."

혜운이 부끄러운 듯한 얼굴로 고개를 숙였다.

"소원에 아름다움이 있으면 소망이 되고, 삿됨이 있으면 욕망이 된다는 말이 있습니다. 욕망이 아니라 소망으로 본다면, 사실 세상천지에 아름답지 않은 것이 없답니다. 고개를 숙여보세요, 혜운 소저."

혜운이 자명의 말대로 고개를 숙였다. 발치에는 아름다운 압삼초가 한 송이 피어 있었다. 혜운은 천천히 몸을 숙이고는 꽃을 한차례 어루만졌다.

화공의 말대로였다. 자신의 발치에 핀 꽃은 그 어떤 꽃보다 아름다웠다. 멀리 있는 것만 애타게 찾다가 정작 옆에 놓인 것을 보지 못했던 것이다.

자명이 조그마한 목소리로 질문했다.

"꺾으실 겁니까?"

혜운은 대답 대신 고개를 들어 화공을 바라보았다. 물끄러미 화공을 바라보던 혜운이 이내 고개를 절레절레 저었다.

"아니요."

화공이 환한 미소를 지어 보였다. 보는 이의 마음마저 편안해지는 것 같은 미소였다. 혜운은 저도 모르게 화공을 따라 웃고 말았다. 한동안 환하게 웃던 자명이 소매에서 한 가지 물건을 꺼내 혜운에게 내밀었다.

"이거 받으세요, 혜운 소저."

"이, 이건……."

혜운은 멍하니 자명의 손을 바라보았다. 자명의 손 위에는 언젠가 사달라고 졸랐던 노리개가 놓여 있었다. 자명이 깊은 밤에 닫힌 상점을 찾아가 겨우 구해온 노리개였다.

자명이 어서 받으라는 듯 노리개를 흔들었다.

"비, 비쌌을 텐데. 화공, 저는……."

"괜찮습니다. 혜운 소저에게 어울리던걸요."

혜운이 천천히 손을 내밀어 노리개를 쥐어 들었다. 옥에 배인 차가운 한기가 왠지 따스하게 느껴졌다.

혜운이 노리개를 받아 들자 자명은 한차례 혜운의 머리를 쓰다듬어 주고는 걸음을 옮겼다.

혜운은 마차로 돌아가는 자명의 뒷모습을 바라보았다.

'마음에 아름다움이 있으면 소망이 되고, 삿됨이 있으면 욕망이 된다고?'

혜운은 그 말이 옳다고 생각했다.

'생각해 보면 나는 욕망으로 사람을 대한 걸지도 몰라.'

평소 일이 자기 욕심대로 되지 않으면 상대를 괴롭히고는 했었다. 어쩌면 그것은 소망이 아니라 욕망으로 사람을 대했기 때문일지도 몰랐다.

'하지만 화공에게는 그럴 수가 없는걸.'

화공을 합비로 가지 못하게 붙잡아둔다면 자신은 기쁠지 모르겠지만 화공은 슬퍼할 것이다. 그것은 욕망으로 사람을 대하는 것일 터였다.

그러나 화공을 보내준다면 화공은 기뻐하리라. 자신의 욕심보다도, 혜운은 화공이 기뻐하기를 바랐다.

'그리고 나는……'

혜운은 자신의 마음을 생각했다. 화공을 좋아하는 마음은 온전히 자신의 것이었다. 비록 화공이 받아주지 않는다 해도 그 마음만은 소중하고 또 소중한 것이었다.

혜운은 부드러운 미소를 지으며 화공을 바라보았다.

노을 아래 화공이 걸어가고 있었다. 어딘지 그립고 포근하게 느껴지는 노을이었다. 가슴이 저릿해서 눈물이 날 것 같았고, 저도 모르게 웃음이 터져 나올 것 같았다. 혜운이 미소를 머금은 얼굴로 화공을 불렀다.

"화공!"

자명이 의아한 얼굴로 뒤를 돌아보았다. 혜운은 노리개를 꼬옥 쥐고는 여태 전하지 못했던 자신의 마음을 말했다.

"나는 화공을 좋아해요."

"……예?"

화공이 당혹스러운 표정으로 눈을 깜빡였다.

화공이 무어라 할 말을 찾으려 애쓰는 모습이 우스워 혜운은 웃음을 터뜨리고 말았다.

'화공을 좋아해서 다행이야.'

웃음이 나올 만큼, 눈물이 흐를 만큼 기뻤다.

할 말을 찾지 못해 머뭇거리던 자명이 마침내 입을 열었다.

"혜운 소저, 저는……."

"실례하겠습니다, 진 공자."

그때였다. 홍 시비가 창백하게 굳은 얼굴로 자명을 붙잡았다. 홍 시비는 혜운을 흘끔 살펴보고는 목소리를 내는 대신 입술을 달싹여 전음의 수법을 펼쳤다.

[죄송한 말씀입니다만, 합비에는 가지 못할 듯합니다.]

"그, 그게 무슨 말씀입니까?"

자명이 반문하자 홍 시비가 말을 이어나갔다.

[화공께서도 아시다시피 당금의 암천은 무림맹의 공격을 이겨내지 못해 후퇴하고 있습니다. 강남과 강북에서 동시에 압박당한 그들은 현재 호북과 합비에까지 밀려나 있지요.]

자명이 흔들리는 시선으로 홍 시비를 바라보았다.

[세불리(勢不利)하여 퇴각하고 있는 암천이지만, 그들은 유독 몇몇 개의 문파에만은 강력한 적개심을 보이고 있습니다.

설사 퇴각하지 못하는 한이 있더라도 원한이 있는 문파는 반드시 멸문시키고자 하고 있지요.]

"혹시 남궁세가가……."

자명의 질문에 홍 시비가 고개를 끄덕였다.

[그렇습니다. 남궁세가의 전대 가주인 남궁자룡 대협은 삼십 년 전에 암천의 혈사를 막아내신 무림의 영웅입니다. 현재 남궁세가는…….]

홍 시비가 불길한 어조로 중얼거렸다.

[암천의 습격을 받아 멸문의 위기에 처해 있습니다.]

자명은 모르고 있었지만, 자명의 일행이 팔공산 어림을 지날 때에 남궁세가는 암천의 습격을 받았다. 며칠째 고군분투하고 있지만, 남궁세가의 운명은 그야말로 풍전등화라고 할 수 있는 것이다.

자명의 시선이 합비 쪽으로 향했다. 노을에 물든 텅 빈 하늘이 보였다. 이제야 비로소 며칠 전부터 느껴지던 불안감의 정체를 파악할 수 있을 것 같았다.

문득 혜공 성승의 목소리가 귓가에 맴돌았다.

"소림에 너무 오래 머물지 말고 고향으로 가보아라. 아마 후회는 않을 게야."

그때는 혜공 성승의 말을 이해하지 못했었다. 자명이 아랫입술을 질끈 깨물었다.

'알고… 알고 계셨습니까, 큰스님?'

자명이 주먹을 꼬옥 쥐었다. 힘이 어찌나 들어갔는지, 주먹이 새하얗게 변해 부르르 떨렸다.

"화란 아가씨."

문득 화란 아가씨가 떠올랐다. 창백한 얼굴로 미소 짓던 모습, 외롭지 않느냐고 묻던 모습, 자신에게 전부를 주고도 홀로 죽으러 사라지던 모습.

그 순간, 자명이 합비 방향으로 달음박질쳤다.

"화, 화공!"

혜운이 다급히 외쳤다. 뒤이어 홍 시비 역시 고함을 질렀다. 다급한 마음에 전음을 펼칠 생각도 하지 못하고 육성으로 소리를 지른 것이다.

"진 공자! 암천의 숫자가 결코 적지 않습니다! 지금 합비로 가봐야……."

홍 시비가 그렇게 외칠 때였다. 자명의 모습이 픽, 꺼지듯 사라졌다. 홍 시비의 전신에 소름이 오싹 돋아 올랐다.

"저, 저건……!"

홍 시비가 눈을 부릅뜨며 자명의 빈자리를 바라보았다. 순박한 소년으로만 보이던 화공이 저렇듯 고절한 신법을 감추고 있을 줄은 미처 몰랐던 것이다.

그때, 혜운이 재빨리 홍 시비의 어깨를 잡아챘다.

"대답해, 홍 시비! 남궁세가에 무슨 일이 생긴 거지?"

홍 시비가 당황한 얼굴로 혜운을 돌아보았다. 혜운이 흔들림없는 곧은 시선으로 그녀를 노려보았다.

"홍 시비가 무림맹의 무인이라는 것은 이미 알고 있어. 방금도 전음을 보낸 거잖아. 그러니까 대답해. 남궁세가에 무슨 일이 생긴 거지?"

홍 시비가 미간을 찌푸렸다.

"아가씨께서 어떻게 그걸……."

"문무쌍성 숙부님들께서 호위도 없이 나를 강호에 보낼 리가 없지. 조금 전에 홍 시비가 입술을 달싹이는 것을 보고 확신했어. 홍 시비가 바로 내 호위였던 거지?"

찌푸린 얼굴로 혜운을 바라보던 홍 시비가 눈을 지그시 감았다. 더 이상은 부정할 수가 없는 것이다.

"맞습니다, 아가씨."

혜운이 아랫입술을 질끈 깨물었다. 잠시 알 듯 모를 듯한 시선으로 홍 시비를 노려보던 혜운이 몸을 휙 돌렸다.

"우리도 출발해, 홍 시비."

"불가합니다. 아가씨는 천검의 손녀, 위험에 처하게 할 수는 없습니다."

"합비로 가는 것이 아니야. 무림맹의 지부나 근처의 문파들을 소집해서 지원군을 조직할 거야."

"아가씨, 지원군을 조직하는 일은……."

"할아버지의 이름을 팔면 돼. 천검의 이름이면 대부분의 문파가 제 일처럼 나설 거야."

무어라 반문하려던 홍 시비가 할 말을 잃은 표정으로 혜운을 바라보았다. 혜운의 말이 옳기는 했다. 천검의 손녀인 혜운이 조부의 이름을 이용한다면 조직을 구성하는 데 드는 시간 없이 곧바로 지원군을 급조할 수 있는 것이다.

하지만 마냥 철부지라 생각했던 아가씨가 저런 생각을 해낼 줄은 몰랐다.

"빨리 오지 못해?"

어느새 마차까지 다가간 혜운이 버럭 고함을 질렀다.

잠시 무언가를 생각하던 홍 시비가 결정을 내린 듯 혜운의 뒤를 쫓았다.

2

다음날.

남궁세가의 모습은 그야말로 처참했다. 내원의 벽면은 무너진 상태였고, 그 위에는 누군가의 육편이 말라붙어 있었다.

미처 치우지 못한 시체가 바닥에 쌓여 있었고, 부상자들의 신음이 사방을 뒤덮고 있었다.

남궁세가의 소가주 남궁환은 지친 얼굴로 주위를 둘러보았다. 평화로웠던 과거가 거짓말처럼 느껴졌다. 단 며칠이 흘렀을 뿐인데 벌써 수년은 지난 것처럼 느껴졌다.

"……."

팔이 부들부들 떨리자 남궁환은 다른 손으로 팔을 붙잡았다. 세가의 제자들에게 약한 모습을 보여서는 아니 된다. 당장에라도 슬픔을 토해내고 싶었지만, 세가의 소가주는 그럴 수 없었다.

"부상자들은 수습하였습니까?"

남궁환이 차가운 얼굴로 창궁무애단주, 남궁곽을 바라보았다. 사사로이는 숙부가 되지만 위기를 마주한 지금 같은 경우에는 수하로서 대해야 했다.

"대충은 해두었소이다, 소가주."

"대충이라니요?"

남궁환의 눈빛이 매섭게 변했다. 남궁곽이 피곤한 얼굴로 고개를 저었다.

"약재도, 사람도 부족합니다. 할 수 있는 최대한의 노력을 기울였으나……."

남궁환이 아랫입술을 질끈 깨물었다. 잠시 분기를 참지 못해 몸을 바르르 떨던 남궁환이 다시금 질문을 던졌다.

"아버님께서는?"

"외각에 나가 계시외다."

"알겠습니다. 무학을 배운 적 없는 이들부터 수습하여 퇴로를 구축하세요. 남궁세가의 무인들은 옥쇄를 각오해야겠지만, 저들은 그럴 필요가 없습니다."

사방이 암천의 마두들로 가득하다고 해도 과언이 아닌 지금의 상황이었다. 외원을 잃고 내원으로 밀려났을 정도니 말 다한 셈. 퇴로를 구축하라는 말 자체가 어불성설처럼 느껴졌다.

남궁곽이 어두운 얼굴로 포권했다.

"할 수 있는 한 최선의 노력을 다하겠습니다."

"아니, 무조건 구축해야 합니다."

남궁환이 차갑게 말하고는 뚜벅뚜벅 걸음을 옮겼다.

평소에는 가문의 직계들만이 남아 있던 남궁세가의 내원은 일대제자부터 하인까지 수많은 사람들로 북적이고 있었다. 검을 들 줄 아는 사람은 내원의 외각을 경계하고 있었으니, 사실 내부에 있는 사람들은 대부분이 양민이라 할 수 있었다.

남궁환은 조사전 쪽으로 걸음을 옮겼다.

'빌어먹을……'

그간 남궁세가가 쌓아온 입지는 결코 작지 않았다. 관과의 친분 역시 어느 대가 못지않게 쌓아두었다.

하지만 위기에 처한 지금은 모두 무용한 일이었다. 관은 무림의 일이라며 외면했고, 주위의 문파들과는 연락조차 닿지 못한 채 고립되었다.

그 모든 것이 첫날의 습격 탓이었다.

'어떻게든 막아냈어야 했다. 비록 암습이었다 하나 어떻게든 막아냈어야 했어.'

야음이 짙은 어느 날, 외원에 암천의 마두들이 뛰어들었다. 외원에서 머무르던 이대제자 및 삼대제자들이 힘껏 막아보았지만, 그들로서는 역부족이었다. 세가를 지키겠다고 여덟 살 사내아이조차 검을 들었지만, 애꿎은 목숨만 잃고 말았던 것이다.

목이 잘린 채 쓰러져 있던 아이의 모습을 떠올리자 남궁환의 몸이 부르르 떨렸다. 그 작은 아이조차 지켜주지 못하는 세가가 무슨 세가라는 말인가! 지금껏 힘이 없음을 이렇게 후회해 본 적이 없었다.

'외원을 내어주어서는 아니 되었어.'

둘째 날, 암천의 마두들이 두 배로 늘어났다. 창궁무애단원들이 대부분 외원에 있었음에도 중과부적이었다.

결국 남궁세가는 외원을 내어주고 내원으로 후퇴하고 말

왔다. 그때부터는 농성이나 다름없었다. 적들을 물리치기는커녕, 도리어 제자들의 목숨만 잃어야 했던 것이다.

그렇게 상념에 빠진 채로 걷다 보니 어느새 조사전 앞이다. 남궁환이 피곤한 얼굴로 입을 열었다.

"누님, 불망이 왔습니다."

조사전 안에서는 아무 대답도 없었다. 남궁환이 문을 열고 조사전 안으로 들어갔다. 조사전 안에는 삼단 같은 머릿결을 늘어뜨린 창백한 피부의 미녀가 서 있었다.

"말씀하신 대로 양민들부터 수습하라 일렀습니다, 누님."

남궁화란이 무심한 얼굴로 고개를 돌렸다. 그녀는 아무런 말 없이 고개를 끄덕였다.

"고민이 있으신 모양입니다."

남궁환이 그렇게 말하고는 곧바로 쓴웃음을 머금었다. 가문이 멸망할 위기에 처했는데 고민이 있느냐 묻다니, 스스로의 아둔함에 화가 날 지경이었다.

"사람을 생각하고 있었다."

"사람?"

"그래, 사람."

남궁화란이 눈을 지그시 감았다. 그녀는 청성산을 떠올리고 있었다. 청성산에 고립된 무인들, 서로 패를 나누어 벌어졌던 격론, 그 중앙에 무심히 서 있던 어느 외로운 사람.

"청성산에 있었을 때의 일이다. 입즉사에 휘말려 갈피를 잡지 못하고 있을 때, 어떤 사람이 부상자들을 놓고 떠나자고 주장했단다."

남궁화란은 주가장의 소장주를 말하고 있었다. 그는 '나가서 지원군을 데려와야 한다'는 명분을 세웠지만, 그녀는 그가 자신의 안위를 챙기는 데 급급했다는 것을 알고 있었다.

"그 반대의 주장을 하던 사람도 있었지."

아무의 동의도 받지 못한 채 홀로 서 있던 사람, 모두에게 배척당하면서도 모두를 살리려 했던 사람을 떠올린 남궁화란이 희미한 미소를 지었다.

얼음처럼 무심하기만 한 그녀의 얼굴에 떠오른 미소는 너무 작아서 남궁환조차 그것을 알아차리지 못했다.

"양민들부터 수습하라 한 결정이 세가를 살릴 것이다."

"그리될 테지요."

남궁환은 양민들과 함께 비급과 조사들의 위패, 무학의 이치에 밝은 몇 명의 무인들을 함께 내보내라 지시했다. 남궁세가의 명맥은 그들에게 이어질 터였다.

바로 오늘이 남궁세가의 마지막 날이었던 것이다.

그때, 조사전의 외부에서 소란이 일어났다.

"습격이다! 암천의 습격이다!"

“빌어먹을! 막아내! 막아내야 한다!”

남궁환과 남궁화란의 시선이 조사전 밖으로 향했다. 남궁화란이 먼저 조사전 밖으로 걸음을 옮겼다.

“…때가 온 모양이로구나.”

그 간단한 말이 전부였다. 남궁환이 안타까움이 가득 어린 얼굴로 남궁화란의 뒷모습을 바라보았다.

남궁환이 부지불식간에 질문했다.

“후회나 미련은 없습니까, 누님?”

남궁화란이 걸음을 멈추었다. 하지만 그것도 잠시뿐, 남궁화란은 다시 걸음을 옮겼다. 그녀는 누구도 듣지 못하게끔 조그맣게 중얼거렸다.

“한 번만… 한 번만 더 그분을 볼 수 있었으면 좋겠구나.”

그분이 웃는 모습을 볼 수 있었다면 좋으련만. 그분의 주위에 사람들이 가득해서, 외로움 따위는 모르고 지내고 계셨으면 좋으련만.

남궁화란은 상념 속에서 조사전을 벗어나 내원의 외각으로 향했다.

창궁무애단의 검진은 이미 흐트러져 있었다. 부상자들이 많은 까닭에 검진이 원활하게 흐르지 못한 것이다.

“갈(喝)! 검극이 무디구나! 정신을 차리지 못할까!”

푸른 무복을 입은 창궁무애단원이 크게 호통을 쳤다.

하지만 그의 호통에도 불구하고, 제자는 검로를 수습하지 못하고 암천의 마두의 도에 가슴을 꿰뚫리고 말았다.

"아, 안 된다! 연승아!"

창궁무애단원이 재빠르게 뛰어들어 암천의 마두를 공격했다. 머리끝부터 발끝까지 온통 흑색으로 물들인 암천의 마두는 마치 불길한 밤안개처럼 보였다.

"하하하! 창궁무애검이 고작 이 정도였다는 말인가?"

"닥쳐라!"

창궁무애단원이 하늘을 닮은 검로를 그려내어 암천의 마두를 공격했다. 하지만 두어 초식을 펼치기도 전에 정신없이 뒤로 물러나고 만다.

창궁무애단원이 눈을 질끈 감았다.

'다리를 다친 것이……'

본래 무학은 다리에서 나온다고 해도 과언이 아니다. 중심을 잃는 것은 곧 목숨을 잃는 것이나 마찬가지인 것이다. 그런 중요한 다리를 다치고 말았으니, 어찌 검로가 매끄럽게 진행되겠는가!

창궁무애단원이 죽음을 각오하고 눈을 질끈 감았다.

그때 챙강! 하고 검이 부딪치는 소리가 들려왔다.

"후퇴하세요."

전장과는 어울리지 않을 정도로 고요한 목소리가 들려왔
다. 창궁무애단원이 눈을 떠보니 한 명의 여인이 검로를 펼치
는 것이 보였다.

"아, 아가씨!"

"후퇴하라고 한 말을 듣지 못하였습니까?"

남궁화란의 검로는 그야말로 쾌속했다. 검에 담긴 경력 역
시 결코 가볍지 않았다.

당노독파의 청허심결은 진원지기까지 소모했던 남궁화란
을 고수라 할 만한 무인으로 탈바꿈해 놓았던 것이다.

"이년! 미색과 다르게 손속이 독랄하구나!"

암천의 마두가 싸늘하게 외쳤다. 그리고 그것이 유언이 되
었다. 목구멍에 커다란 구멍이 뚫리고 말았으니 살아남을 도
리가 없는 것이다.

마두의 목을 찌른 남궁화란이 차가운 시선으로 고개를 돌
렸다. 남궁세가의 가주, 남궁창천이 무거운 한 걸음을 옮기고
있는 것이 보였다.

쿵—!

가볍게 진각을 밟았을 뿐인데 대지가 진동했다. 그와 동시
에 암천의 마두 몇이 혼비백산하여 뒤로 물러났다.

'제왕검형!'

남궁화란이 눈을 빛냈다. 암천의 습격 탓에 생사를 넘나드

는 결전을 계속해 왔던 남궁창천이 마침내 제왕검형을 완성한 것이다.

'어쩌면 멸문만은 피할 수도 있겠구나.'

절정에 달한 무인 한 명은 일기당천이라 말해도 좋을 만한 신위를 선보이게 마련이다. 아버님께서 활약하신다면 멸문만은 면할 수 있을지도 몰랐다.

남궁화란이 발을 가볍게 튕겨 하늘로 솟아올랐다. 잠시 공중을 유영하던 남궁화란은 몸을 뱅그르르 돌리며 검극을 내뻗었다.

"크헉!"

그와 동시에 어느 마두 하나가 가슴을 부여잡고 쓰러졌다. 그녀의 가벼운 출수에 허파에 커다란 구멍이 생기고 만 것이다.

남궁화란은 이를 질끈 깨물었다. 벌써 서넛의 목숨을 거두었으나 암천의 무인들은 여전히 구름같이 많았다.

'조금만 더……'

그때, 제왕검형으로 암천의 마두들을 압박하던 남궁세가의 가주, 남궁창천이 신음성을 내뱉었다.

"으음!"

"굉장하구나, 굉장해!"

남궁화란이 재빨리 남궁창천에게로 시선을 돌렸다.

남궁창천의 앞에는 서른이 갓 넘었음직한 젊은 무인이 놀란 표정을 지은 채 서 있었다. 남궁화란의 안색이 어두워졌다.

어제, 암천의 세력에 한 명의 무인이 합류했다. 이름도, 사승도 모르지만 섬서에서 신검장(神劍莊)을 단신으로 멸문시켰다는 절대고수였다.

젊은 무인이 호탕하게 웃음을 터뜨렸다.

"이게 바로 제왕검형이로구려! 가히 무림의 일절이라 불릴 만하오!"

"놈!"

남궁창천이 노기 어린 음성을 내뱉으며 검을 들어 올렸다. 천하에서 가장 무겁다는 중검, 제왕검형이 그의 검끝에서 펼쳐졌다.

"명불허전이로다!"

무인이 우측으로 두어 걸음을 움직이더니, 크게 웃으며 도를 휘둘렀다. 그가 가볍게 도를 휘두르자 폭풍과도 같은 세 줄기 경력이 일어나 남궁창천을 옭아맸다.

콰앙—!

한낱 인간이 휘두른 검에서 어찌 이런 소리가 날 수 있는가! 굉음과 함께 주위의 소리가 정지했다. 난전을 벌이던 무인들이 경악 어린 시선으로 옆을 돌아보았다.

남궁화란의 검이 덜덜 떨렸다. 그녀는 다른 손으로 검을 쥔 손을 붙잡아 진정시켰다.

공포.

제왕검형조차 불러내지 못했던 공포가 난전을 벌이던 무인들을 휘감은 것이다.

"하하하!"

고요한 가운데서 무인이 광소(狂笑)를 터뜨리며 외쳤다.

"남궁가주의 신위에 이 염무강(廉武强)은 감탄을 금치 못하겠소!"

"염무강?"

남궁창천이 입술을 질끈 깨물었다. 그 이름을 들어본 적이 있었던 것이다.

"그렇소이다. 본인의 이름은 염무강이오. 강호의 동도들은 염왕도(閻王刀)라고 부르지요. 사승으로는 지도 소양극을 이었고, 무학으로는 광풍십삼로와 신풍삼로를 절기로 삼고 있소이다."

염무강의 얼굴에서는 웃음이 떠나지 않았다.

남궁창천이 싸늘하게 소리쳤다.

"소양극의 제자! 그대가 어찌 암천에 들었단 말인가!"

"어찌하여 암천에 들었는지 물었소이까?"

염무강이 늑대와 같은 눈으로 남궁창천을 노려보았다. 그의 입가에 비틀린 미소가 떠올랐다.

“스승을 죽이기 위해서요.”

남궁창천이 이를 뿌드득 갈았다.

3

남궁세가의 외원은 암천의 무인들이 장악하고 있었다.

암천은 외원에서 내원을 공격하고 있었으니, 사실 남궁세가의 정문이야말로 후방이라 할 만 했다.

혹시라도 지원군이 있을까 정문을 경계하던 암천의 마두가 인상을 찌푸렸다.

“네놈은 누구냐!”

합비의 양민들은 혹시라도 휘말려 목숨을 잃을까 두려워 남궁세가 근처로는 얼씬도 하지 않는다. 그런데 지금, 어떤 소년 학사가 남궁세가의 정문으로 다가오고 있는 것이다.

정문에 도착한 소년 학사는 침착한 눈으로 암천의 마두를 바라보고는 그의 허리로 손을 뻗었다.

마두가 주먹을 움켜쥐었다.

“우리는 암천이라 불리는 집단으로, 예와 법을 숭앙하여 죄없는 자를 해하지 않는다. 하지만 네놈이 이렇게 방자하게 군다면… 으, 으음?”

마두가 의아한 소리를 내며 허리춤을 내려다보았다. 그의 절기는 본래 검이었는데, 소년 학사가 가볍게 손을 뻗어 패검한 자신의 검을 뽑아낸 것이다.

마두는 그제야 오싹함을 느꼈다.

"도대체 네놈은 누구기에… 크, 크헉!"

마두가 말을 하다 말고 무릎을 꿇었다. 소년 학사의 검이 세 차례 지나갔을 뿐인데 양손과 한쪽 다리에서 피가 터져 나오는 것이었다. 소년 학사의 검은 곧 자신의 단전으로 다가왔다.

이내 마두는 아무런 말도 하지 못한 채 스르르 쓰러지고 말았다. 소년 학사는 마두를 흘끔 내려다보고는 곧바로 남궁세가의 정문을 열었다.

문이 열리는 소리가 들리자 후방에서 지원을 준비하던 암천의 마두들이 고개를 돌렸다.

"네놈은 누구냐!"

마두 하나가 고함을 질렀다.

소년 학사, 아니, 진자명이 눈을 지그시 감았다.

'아름다움으로 대하면 다툼이 없다 했지.'

그래서 다툼을 말리고자 했다. 어떻게든 저들의 죽음을 막아보고자 했다. 하지만 그것은 또 다른 수렁으로 빠져드는 지름길이었다. 다툼은 또 다른 다툼을 불렀고, 결국 자신은 강호라는 진창에 몸을 담그고 말았다.

'미움으로 저들을 대하겠다고 생각한 적도 있었어.'

파파의 죽음을 겪었을 때에는 미움과 분노를 참지 못했었다. 하지만 혜공 성승을 만난 후로 모든 것이 달라졌다. 그때부터 자명은 다만 씨앗이 되고자 했다.

'비록 아름다움으로 대하지 못하고 다투는 꼴이지만…….'

암천처럼 힘으로 대할 수는 없는 노릇이지만, 아직은 검을 들지 않고 저들을 대하는 법을 모르겠다. 아름다움으로 대하면 다툼이 없다던데, 자신은 아직 그러한 경지에 오르지는 못한 것이다.

'하지만 더 이상은 망설이지 않겠어.'

자명이 냉정하게 느껴질 만큼 차분한 목소리로 말했다.

"…도망치는 자는 베지 않겠습니다."

"그게 무슨 개소리냐!"

가까이 있던 마두 하나가 벼락처럼 도를 휘둘렀다.

그와 동시에 자명의 검이 부드러운 검로를 그렸다.

第五章

의재필선(意在筆先)

畵工
道談

화공도담
畵工
道談

1

　염무강은 본래 호북 사람으로, 가진 바가 없는 거지였다. 어느 날, 호북을 우연히 지나던 소양극이 염무강을 만나게 되었는데, 그 근골이 출중하고 무학의 재능이 빼어나기에 그를 제자로 삼았다.

　그러나 무학의 재능만을 보고 사람을 보지 않았던 것이 실수였다. 제자가 된 지 십 년째가 되던 해, 염무강이 스승을 꺾겠다며 소양극에게 생사결을 청하였던 것이다.

　소양극이 타이르려 했으나 염무강은 막무가내로 스승을 공격할 뿐이었다. 결국 생사결이 벌어졌고, 염무강은 처참하게 패하여 소양극의 손을 피해 도주했다.

훗날 반드시 스승을 꺾겠다고 다짐하며 말이다.

염무강이 싸늘하게 웃으며 말하었다.

"본래 나는 세상 그 무엇보다 무학을 좋아하는 사람이라오. 스승을 꺾어야만 내 무학이 완성된다면, 그리할 수밖에 없는 노릇이지."

"하! 무학을 위해 스승을 죽이겠다고?"

남궁세가의 가주 남궁창천이 미간을 찌푸리며 중얼거렸다.

"암천은 예와 법을 숭앙한다고 들었는데, 오늘 보니 꼭 그런 것만은 아니로군. 그래, 스승을 죽이는 것이 예와 법이라던가?"

염무강이 한바탕 웃음을 터뜨렸다.

"하하하! 엄밀히 말하면 나는 암천의 무인이 아니오. 암천이 나를 이용하고 있을 뿐이지. 일이 끝나면 당장 나부터 죽이겠다고 하더군."

예와 법을 표방한다는 암천이었지만, 그 실상은 달랐다. 암천은 목적을 이루기 위해서는 비록 악인일지라도 이용하고자 했던 것이다.

그것은 암천이 스스로를 죄인이라 여기고 있었기에 가능한 일이었다. 썩은 세상을 일소하고 나면 그들 스스로 죽음을 청할 계획이었으니, 악인 몇 명을 이용한다 한들 무슨 대수겠는가?

"하나 나쁠 것 없지요. 일이 끝나고 나면 나 역시 암천주와 생사결을 벌일 생각이었으니, 차라리 잘된 일이지 않겠소?"

"그대와 같은 패륜아와는 더 이상 말을 섞고 싶지 않군."

남궁창천이 차가운 얼굴로 검을 고쳐 들었다. 하지만 그의 등골에는 식은땀이 가득 배어나 있었다. 제왕검형을 완성했다고는 하나 적의 무학 역시 가늠키 어려울 정도로 뛰어난 것이었다.

'하늘이 남궁세가를 버리는가?'

암천의 수는 많고 남궁세가의 수는 적다. 제왕검형으로 회생의 기회를 노려보았지만, 뛰어난 고수가 나타났으니 그마저도 어렵게 됐다.

'지하에서 조상들을 뵐 면목이 없겠구나.'

남궁창천이 그렇게 생각할 때였다.

염무강이 크게 웃음을 터뜨리며 외쳤다.

"하하하! 가주의 말씀이 맞소이다. 말이 길어봐야 무엇 하겠소? 우리 어디 한번 통쾌하게 겨뤄봅시다."

남궁창천은 대답 대신 검을 들어 올리며 가볍게 진각을 내디뎠다. 쿵! 하는 소리와 함께 대지가 진동했다.

본래 제왕검형은 중검의 묘리를 담고 있다. 그렇기에 빠르기보다는 느리게 보이게 마련인 것이다. 그러나 남궁창천의 검은 무거울 뿐 아니라 빠르기까지 했다.

"중검의 묘리에 쾌검의 묘리를 섞었구려!"

염무강이 크게 웃으며 도를 뻗었다. 광풍십삼로 중 칠로의 초식을 펼쳐 나가는 것이다. 좁은 협곡을 지나는 바람처럼 빠르고 날카롭게 도를 그어 나갔다.

"크흠!"

이번에 손해를 본 것은 염무강이었다.

옆구리를 길게 베인 염무강이 펄쩍 뛰어 뒤로 물러났다. 그와 동시에 굉음이 울려 퍼졌다.

콰앙―!

남궁창천의 검이 바닥을 직격하자 커다란 웅덩이가 파였다. 그 모습을 본 염무강이 웃음을 터뜨렸다.

"역시 대단하오! 광풍십삼로만으로는 제왕검형을 대적할 수 없겠구려."

"더 이상 말을 섞을 생각은 없다고 말하지 않았던가!"

남궁창천이 천천히 염무강에게로 다가오며 말했다.

염무강이 고개를 두어 번 끄덕였다.

"알겠소이다. 어디 다시 한 번 부딪쳐 보지요."

염무강이 몸을 회전하다시피 돌리며 도를 뻗었다. 순간 그의 도가 수십 개로 분열했다. 남궁창천은 하늘과 땅이 모두 도로 가득 찬 기분을 느꼈다.

“흐읍!”

남궁창천이 주저없이 창궁무애검을 펼쳤다. 남궁창천의 검 역시 수십 개로 분열하여 염무강의 도를 맞이했다. 생사의 기로에서 그가 익혀왔던 무학의 정수가 펼쳐진 것이다.

“크, 크으음.”

그러나 정작 밀려난 사람은 남궁창천이었다. 정신없이 두어 걸음을 물러난 남궁창천이 울컥 올라오는 피를 삼켰다. 반면, 염무강이 밀려난 걸음은 고작 한 걸음뿐이었다.

천하에 드문 고수라는 남궁창천이 서른이 갓 넘었을 법한 염무강에게 한 수 밀린 것이다.

염무강이 곧바로 도를 휘둘렀다. 염무강의 도가 세 개로 분열되더니, 광풍과도 같은 세 줄기 경력이 일어났다.

남궁창천의 안색이 어두워졌다.

‘조금 전에 상대해 본 바, 저 도법은……’

제왕검형과 마주해서도 손색이 없다. 아니, 오히려 자신의 제왕검형이 밀린다고 할 수 있었다.

제왕검형을 완성한 지 얼마 되지 않은 자신과 달리, 저자의 도법은 그야말로 몸에 붙은 것처럼 숙련되어 있었던 것이다.

남궁창천은 가진바 내공을 모두 끌어올렸다.

그때, 염무강에게서 뻗어 나오던 세 갈래의 광풍이 방향을 바꾸었다. 염무강의 뒤에서 남궁화란이 그의 허리를 공격했던 것이다.

남궁창천이 비명처럼 외쳤다.

"위험하다, 화란!"

남궁화란이 번개처럼 빠른 쾌검으로 염무강의 도를 막아갔다. 하지만 그녀의 무학으로는 염무강을 상대할 수 없었다.

그녀는 비명조차 지르지 못하고 빠르게 뒤로 튕겨 나갔다.

"청허심결! 허어, 독괴의 전인이던가?"

염무강의 눈이 반짝 빛났다. 그는 웃음을 터뜨리며 남궁화란에게로 걸어갔다. 바닥에 아무렇게나 쓰러져 있던 남궁화란이 힘겹게 몸을 일으켰다.

'흐, 흘려냈다고 생각했거늘.'

염무강의 공력을 흘려냈다고 생각했는데 조금도 그러지 못했나 보다. 단 한 번의 공격만으로도 혈맥이 가닥가닥 끊어지는 기분이었다.

"무학의 천재라 불리던 스승께서도 청허심결만은 인정하셨지. 염무강아, 염무강아! 오늘 귀한 절기를 두 개나 견식하는구나!"

염무강의 목소리는 부드러웠으나 그 안에 담긴 살기는 그야말로 가늠키 어려웠다. 남궁화란이 공포에 질린 얼굴로 뒤로 물러났다.

"놈! 감히 남궁세가의 가주에게 등을 보이느냐!"

뒤에서 노기 어린 남궁창천의 목소리가 들려왔다. 그에 염무강이 싸늘하게 웃으며 뒤를 돌아보았다.

"그러고 보니 내 가주를 잊고 있었구려. 먼저 가주를 상대한 다음……."

말과 함께 염무강의 도에서 폭풍이 일어났다. 이번에는 바람이 넓게 퍼져 남궁창천을 짓눌렀다. 그것이 바로 신풍삼로의 두 번째 초식이었다.

"청허심결을 견식해야겠소."

"크윽!"

제왕검형의 초식을 채 펼치기도 전에 폭풍이 몰아닥쳤다. 남궁창천은 본능적으로 창궁무애검법을 펼쳤다. 무의식중에 가장 숙달된 검법을 펼친 것이다.

그러나 안타깝게도 창궁무애검법만으로는 신풍삼로의 두 번째 초식을 상대할 수 없었다.

"쿨럭, 쿨럭!"

남궁창천이 두어 걸음 뒤로 물러나 기침을 토해냈다. 염무강은 여전히 차가운 얼굴로 남궁창천에게로 걸어갔다. 남궁창천이 호흡을 고르며 내기를 끌어올렸다.

곧 염무강과 남궁창천 사이에서 검광이 빛나기 시작했다. 겨우 들끓는 내상을 진정시킨 남궁창천이 가진바 내공을 모두 끌어올려 염무강을 공격하기 시작한 것이다. 염무광이 광소를 터뜨리며 그런 남궁창천을 상대했다.

남궁화란은 창백한 얼굴로 그들의 결전을 바라보았다.

'아, 아버님을 도와야 해.'

하나 남궁화란의 꺾인 무릎은 도무지 펴질 줄을 몰랐다. 그녀는 옆에 자리한 담벼락을 지지대 삼아 힘겹게 몸을 일으켰다. 움켜쥔 검이 천 근의 무게를 가진 것마냥 무겁게 느껴졌다.

청허심결의 기운이 일어나 내상을 치유해 갔지만, 단시간에 치료하기에는 너무 내상이 컸던 것이다.

남궁화란은 죽음을 각오하며 내공을 끌어모았다.

'마지막으로 한 번쯤은 공격할 수 있겠지.'

남궁화란이 검을 고쳐 쥐고는 피곤한 얼굴로 담벼락을 돌아보았다. 내원의 연무장을 나누는 담벼락이었다.

'그러고 보니 이곳은……'

그녀의 얼굴에 희미한 미소가 떠올랐다.

'진 화공을 처음 만난 곳이야.'

바로 이곳에서 화공은 창궁무애단의 연무를 구경하고 있었다. 함부로 구경해서는 아니 된다는 말에 당황한 표정을 짓던 화공이 떠올랐다.

남궁화란은 저도 모르게 패용하고 있던 노리개를 움켜쥐었다. 문득 눈물이 날 것만 같았다. 그립고도 또 그리워서, 화공이 보고 싶어서 견딜 수가 없었다.

남궁화란은 혼란스러운 마음을 정리하려 애썼다.

바로 그때였다. 난전이 벌어지고 있는 와중에 비명 소리가 크게 들려왔다. 남궁화란이 비명이 들려온 외원 쪽으로 시선을 돌렸다.

"네, 네놈은 누구냐!"

외원 부근에서 난전을 벌이던 암천의 무인이 경악 어린 고함을 질렀다. 그는 외원을 바라보며 눈을 부릅떴다.

외원에는 수십 명의 흑의인들이 쓰러져 있었다. 서 있는 사람은 오직 한 명, 학사의를 입은 소년 학사뿐이었다.

"호, 혼자 몸으로 어찌……!"

그것이 마두가 내뱉은 마지막 말이었다. 그는 곧 사지의 근맥이 끊기고 단전이 바스라진 채 바닥에 쓰러지고 말았다. 소년 학사는 그가 쓰러지기도 전에 이미 그의 옆을 스쳐 지나가고 있었다.

소년 학사, 진자명이 날카로운 눈으로 전장 너머를 바라보았다. 그 거리가 결코 짧지 않건만, 자명은 염무강의 모습을 똑똑히 볼 수 있었다. 그리고 그 뒤에 있는 한 명의 여인도.

'화란 아가씨.'

자명이 아랫입술을 질끈 깨물고는 발끝으로 바닥을 튕겨 하늘 높이 솟구쳐 올랐다. 곡선을 그리며 공중을 날아온 자명이 곧바로 염무강의 머리를 베어나갔다.

콰앙―!

남궁창천을 공격하려던 염무강이 다급히 자명의 검을 막아내었다. 잠시 상대의 검에 실린 공력을 가늠해 보던 염무강이 이내 호탕하게 웃으며 외쳤다.

"하하하! 고절한 공력일세. 그래, 자네는 누구인가?"

튕겨나듯 뒤로 물러난 자명은 염무강을 바라보고 있지 않았다. 검을 늘어뜨린 채 화란 아가씨를 돌아보고 있었던 것이다.

"지, 진 화공……?"

창백한 얼굴의 화란 아가씨가 놀란 눈으로 자신을 바라보고 있었다. 자명은 미소를 지어주고 싶었다. 이제 괜찮다고 말해주고 싶었다. 하지만 자명은 눈물이 살짝 고인 얼굴로 겨우 한마디를 중얼거렸을 뿐이었다.

"화란 아가씨."

"하하하! 내 자네만 한 나이에 경지에 이른 무인이 있다는 소리를 들어본 적이 있지. 자네가 바로 묵월검랑이렷다?"

남궁화란을 바라보던 자명이 염무강에게로 시선을 돌렸다. 염무강이 헛웃음을 터뜨렸다.

"어디, 묵월검랑의 무위를 견식해 볼까."

염무강이 도를 들어 올려 곧바로 신풍삼로의 초식을 펼쳐나갔다. 조금 전에 느꼈던 공력이 예사롭지 않았기에 곧바로 자신의 최고 절학을 펼친 것이다.

자명이 눈을 부릅뜨며 검을 휘둘렀다. 공교롭게도 자명이 펼친 무학 역시 신풍삼로였다.

염무강의 도에 실린 폭풍은 자명의 검에서 일어난 조그마한 바람을 이겨내지 못하고 공중으로 흩어졌다.

"신풍삼로?"

"그 도법은……."

염무강과 자명이 동시에 외쳤다. 염무강은 경악이 어린 눈으로 자명을 바라보았다. 자명이 차가운 목소리로 질문했다.

"지도 소양극, 소 노사를 알고 있습니까?"

"하하하! 그래, 그렇지. 나는 지도 소양극의 제자인 염무강이라 하네. 알고 보니 사제 되는 분이셨구먼?"

자명이 당황한 표정으로 미간을 좁혔다. 소 노사는 암천을 대적하고 있는데, 그 제자라는 사람은 어찌하여 암천과 함께 남궁세가를 공격하고 있단 말인가!

"소양극 노사의 제자가 어찌……."

"스승을 죽이기 위해서라네, 사제."

염무강이 도를 들어 올리며 말했다.

"나는 신풍삼로와 신풍삼로의 대결을 고대하고 있거든. 어쩌면 사제 덕택에 오늘 그 꿈을 이룰 수 있겠구먼."

자명이 싸늘한 눈으로 염무강을 노려보았다.

"저는 당신의 사제가 아닙니다."

자명의 말이 채 끝나기도 전에 염무강의 도에서 폭풍이 몰아닥쳤다. 자명이 검을 거세게 움켜쥐며 눈을 지그시 감았다.

다시 눈을 떴을 때에는 지질을 닮은 새하얀 세계가 열려 있었다. 그 세계 속에는 신선을 닮은 노인이 서서 한 가지 초식을 펼쳐 나가고 있었다.

자명은 그 노인을 쫓아 검을 펼치는 동시에, 해일처럼 몰아닥치는 기세에 맞추어 자그마한 암초를 점경(點景)했다. 청허심결의 벽(壁)자결을 운용하는 동시에 신풍삼로의 초식을 펼쳐 나가는 것이다.

"대단한 재주로다!"

염무강이 흡족하게 웃으며 도를 흩뿌렸다. 곧 염무강과 자명 사이로 수많은 바람의 갈래가 몰아닥쳤다.

콰앙―!

몇 걸음 뒤로 물러난 자명이 아랫입술을 질끈 깨물었다.

'사, 살기가 너무 짙어.'

신풍삼로는 살기를 담으면 염왕지검이, 청명함을 담으면 신선지검이 되는 상승의 절학이었다. 과거, 소양극은 자명에게 신풍삼로를 전하며 마음을 비추는 거울이 될 것이라 말한 바 있었다.

'저자의 도법이야말로 염왕도라 할 수 있겠구나.'

염무강의 공격은 그야말로 면면부절(綿綿不絶), 끊이지 않았다. 내공이 무한정 있기라도 한 것처럼 끊임없이 솟아올랐던 것이다.

염무강의 강맹한 폭풍을 마주한 자명이 부드러운 검로를 흩뿌렸다. 가느다란 산들바람이 일어났다. 비록 약해 보일지 모르겠으나, 산들바람은 결코 염무강의 폭풍에 밀리지 않았다. 자명의 검로에는 기이한 데가 있었던 것이다.

검로가 펼쳐질수록 염무강의 얼굴은 구겨져만 갔다. 미간을 잔뜩 찌푸린 염무강이 버럭 고함을 질렀다.

"흥! 재주는 뛰어나지만 알고 보니 속이 비어 있군그래!"

염무강이 도를 휘두르며 두세 걸음 뒤로 물러났다.

"이렇게는 안 되겠어. 살기도 없이 무공을 겨뤄봐야 재미있을 리가 있나."

자명은 대답 대신 허공을 밟고 공중으로 솟아올랐다. 한 번 솟아올라 간 몸은 다시금 내려오지 않았다. 무림의 전설이라는 허공답보가 펼쳐진 것이다.

"재미, 재미라고?"

"그래, 그렇지. 내 가르쳐 줌세. 본래 무학은 여자를 취하는 것보다도, 술을 마시는 것보다도 재미있는 일이라네."

자명의 눈에 노기가 치밀어 올랐다.

"사람을 죽이는 것이 재미있다는 말씀이십니까?"

“그럼. 경지에 이를 수만 있다면 사람을 죽이는 것도 못할 일만은 아니지.”

“사람을 죽여서 이룰 수 있는 경지가 도대체 무엇이기에!”

염무강이 뒤틀린 미소를 지었다.

“내 보여주지. 사람을 죽여서 이룰 수 있는 경지는 말일세…….”

여태까지 실력을 감추고 있었던가! 염무강에게서 이전까지는 느끼지 못했던 강맹한 기세가 몰아닥쳤다. 염무강이 신풍삼로의 세 번째 초식을 펼쳐 나가기 시작했던 것이다.

“바로 이런 거라네.”

자명의 안색이 급변했다. 기세가 넓게 퍼지고 있었는데 남궁화란이 그 권역 안에 있었던 것이다. 허공중에 떠 있던 자명이 재빨리 남궁화란의 앞으로 뛰어내려 갔다.

그와 동시에 염무강의 내기가 자명을 덮쳤다.

“크윽!”

뒤로 튕겨난 자명이 바닥을 뒹굴었다. 단 일 도를 감당해 내지 못하고 바닥을 뒹군 것이다. 자명이 검을 역수로 쥐어 바닥을 찍고는 힘겹게 몸을 일으켰다.

“보았는가?”

자명이 얼굴을 구기며 염무강을 노려보았다. 염무강이 못마땅하다는 듯 고개를 절레절레 저었다.

"아직도 알아채지 못한 모양이로군. 그렇다면 우리의 결전은 의미가 없어. 어떻게든 자네에게 살기를 가르쳐야겠는데……."

염무강이 도를 한차례 고쳐 쥐고는 남궁화란에게로 고개를 돌렸다.

"이러면 되겠군. 자네, 조금 전에 이 여인을 지키려 했었지?"

염무강이 도를 남궁화란에게 겨눈 채 천천히 걸음을 옮겼다. 자명이 발작하듯 일어나 염무강에게로 뛰어들었다.

"아, 안 돼!"

염무강이 경멸의 시선으로 자명을 돌아보았다. 한낱 여인에게 빠져 있는 자명의 모습이 마음에 들지 않았던 것이다. 평정심을 잃어버린 탓에 초식의 예리함마저 사라져 있었다.

염무강이 광풍일로의 초식을 펼쳐 자명의 검을 비끄러매었다. 공력의 차이야 비등비등하다지만, 무학의 경험은 서로 다른 법. 평정심을 잃은 자명은 일순 간단한 수에 검을 봉쇄당하고 말았다.

"쯧, 한심하긴."

염무강이 손바닥으로 자명의 가슴을 후려치자 자명이 재빨리 이형환위의 신법을 펼쳤다. 자명의 모습이 픽 꺼지듯 사라졌다.

그러나 염무강의 도만은 피할 수 없었다.

"큭!"

결국 자명은 가슴팍을 길게 베이고 말았다. 하나 염무강의 초식은 거기서 끝나지 않았다. 도로 자명의 옆구리를 꿰뚫어 버린 것이다.

자명이 기침과 함께 피를 토해냈다.

"쿨럭, 쿨럭!"

"그 자리에 누워서 지켜보고 있게. 이 여인을 죽인 후에 다시 한 번 붙어보세나."

자명은 옆구리를 움켜쥐고서 염무강을 노려보았다. 시야가 흐릿해지고 순식간에 온몸에서 힘이 빠졌다. 자명은 시야가 흐릿해지는 것을 느끼며 무릎을 털썩 꿇었다.

염무강은 다시 화란 아가씨에게로 걸어가고 있었다.

'화, 화란 아가씨.'

생사대적을 앞에 두고도 자신을 걱정하고 있었던가? 화란 아가씨는 노리개를 꼬옥 쥔 채로 자신을 바라보고 있었다.

자명의 눈에 눈물이 배어들었다.

'안 돼요, 화란 아가씨.'

어떻게든 염무강을 막아야 하는데, 가진바 힘이 부족했다. 무명도원도의 호흡을 끌어내고, 오래된 지질을 닮은 세계를

열었지만 역부족이었다. 얼마 전, 모작이 잘되지 않을 때에
느꼈던 답답함이 다시 살아났다.

자명이 눈을 질끈 감았다.

'어떻게든, 어떻게든 해야 해.'

그때였다. 자명의 머릿속에 작은 빛이 떠올랐다. 자명은
무심코 그 빛을 쫓아 눈을 지그시 감았다. 그 빛은 평여촌에
서 보았던 마원의 그림으로 변해갔다.

'산경춘행도?'

자명은 마음속에 펼쳐진 화폭을 물끄러미 바라보았다. 곧
한 가지 생각이 떠올라 자명의 마음속을 파고들었다.

'의는 붓보다 앞서 있으며 그림이 끝나도 의는 존재한다고
했지.'

마음이 붓보다 앞서 있다면 응당 검보다도 앞서 있을 것이
었다. 그림을 그리기 전에 마음을 세워야 한다면 검로를 펼치
기 전에도 마찬가지일 터였다.

'그렇다면 마음은 검보다도 앞서 있을 거야[意在劍先].'

자명은 힘겹게 눈을 떴다.

'내 마음, 내 마음은 지금 어디에 있지?'

자명의 시선이 화란 아가씨에게 향했다. 화란 아가씨는 여
전히 자신을 바라보고 있었다.

'화란 아가씨.'

문득 자명의 육신에 맑은 기운이 숫아올랐다. 단전에서 꼬물거리며 일어난 기운은 머리끝까지 올라오더니, 곧 눈조차 뜰 수 없을 정도로 환한 빛을 내뿜었다.

자명이 비틀거리며 몸을 일으켰다.

염무강은 벌써 남궁화란의 앞에 도착해 있었다. 염무강은 남궁화란을 내려다보며 미간을 찌푸렸다.

'흥, 도법을 펼칠 필요도 없겠구나.'

눈앞에 선 여인은 자신을 공격하기는커녕, 손에 무언가를 쥔 채로 서 있을 뿐이었다. 여인이 안타까운 눈으로 묵월검랑을 바라보며 조그맣게 속삭였다.

"도망쳐요, 진 화공. 도망쳐요."

곧 자신이 죽을 텐데도, 눈앞의 여인은 그 말만을 주워섬길 뿐이었다. 염무강이 싸늘하게 웃으며 도를 들어 올렸다.

염무강의 도가 남궁화란의 목을 자르기 직전이었다.

문득 자그마한 속삭임이 들려왔다.

"괜찮아요, 화란 아가씨."

그와 동시에 염무강의 전신에 소름이 돋아 올랐다. 어디선가 커다란 기운이 느껴졌던 것이다. 염무강이 눈을 부릅뜨고는 뒤를 돌아보았다.

우우웅—

대기가 부르르 진동하고 있었다. 묵월검랑이 딛고 있는 곳을 기준으로 반경 삼 장의 땅이 물결처럼 일렁이더니, 주변의 사물들이 허공으로 떠올랐다.

주인 잃은 병장기와 부서진 청석이 드문드문 떠 있는 사이에, 묵월검랑이 비틀거리며 서 있었다.

"걱정하지 말아요. 아무 일도……."

대기가 진동하는 소리는 점점 더 커져만 가더니, 마침내는 벼락 치는 소리로 변해갔다. 염무강조차 놀랄 만한 기운이 한 장소에 응집해 있었던 것이다.

"이, 이게 무슨?"

염무강이 미간을 잔뜩 찌푸리며 중얼거릴 때였다. 자명이 허공에 떠오른 검을 자연스럽게 쥐어 들었다. 그와 동시에 갑자기 모든 소리가 사라졌다.

사위가 고요해진 가운데, 자명의 담담한 목소리가 들려왔다.

"…없을 테니까."

콰아앙―!

굉음과 함께 자명의 내공이 폭발을 일으켰다.

2

남궁창천은 경악이 어린 눈으로 자명을 바라보았다. 무신(武神)이라는 말이 너무나도 어울리는 모습이었다. 어찌 사람의 몸에서 저만한 기운이 뿜어져 나올 수 있는가!

'도, 도대체……!'

압력을 이겨내지 못한 남궁창천이 뒤로 몇 걸음 물러났다. 그와 동시에 자명이 허공을 밟고 염무강에게로 달려들었다.

염무강이 미친 사람처럼 웃음을 터뜨렸다.

"하하하! 그래, 그래야지!"

염무강은 다시금 신풍삼로의 초식을 펼쳤다. 세 줄기의 폭풍이 일어나 자명의 중궁을 노렸다. 폭풍이 일며 흙먼지를 가득 일으켰다.

하지만 염무강의 웃음은 그리 길게 이어지지 못했다. 신풍삼로의 초식을 완전히 펼치기도 전에 흙먼지를 뚫고 자명이 나타났던 것이다.

쿵—!

둔중한 충격과 동시에 염무강의 도가 멈추었다.

그 순간 염무강의 눈이 찢어질 듯 부릅떠졌다.

"어, 어떻게!"

도신이 자명의 손에 잡혀 있었다. 맨손으로 신풍삼로를 막아낸 것으로도 모자라 칼날을 쥐어 든 것이다. 그렇게 하고도 자명의 손에는 상처 하나 없었다.

자명이 도신을 움켜쥔 손에 힘을 주자 도신이 부르르 떨렸
다. 그러더니 파삭, 소리를 내며 금이 한 줄기 그어졌다.

"놈!"

염무강이 노호성을 터뜨리며 손으로 자명의 어깨를 후려
쳤다. 그러나 자명은 발끝으로 땅을 툭, 튕겨 뒤로 몸을 피했
다.

뒤로 흙먼지를 일으키며 미끄러지던 자명이 곧바로 염무
강에게로 뛰어들었다.

염무강이 이를 뿌드득 갈며 자명의 검을 막아냈다. 자명은
검이 막히자마자 팔을 접어 팔꿈치로 염무강의 턱을 후려쳤
다.

"큭!"

염무강의 고개가 홱 돌아갔다. 문득 염무강의 전신에 소름
이 돋아 올랐다. 도대체 믿을 수가 없었다. 도대체 어떻게 한
순간에 저처럼 무위가 높아진단 말인가!

'실력을 숨기고 있었던가?

하지만 더 생각할 겨를이 없었다. 어느새 자명의 검이 목을
향해왔던 것이다. 염무강이 고함을 지르며 뒤로 물러났다.

"선불 맞은 멧돼지 같구나, 사제!"

자명의 신형이 번쩍 사라졌다.

염무강은 눈을 부릅떴다가 아예 감아버리고 말았다. 눈으

로 보고자 한다면 오히려 놓칠 터, 아예 보지 않고자 한 것이다.

잠시 눈을 감고 서 있던 염무강이 번개처럼 도를 휘둘렀다.

서걱, 소리와 함께 자명의 어깨에서 피가 튀었다. 염무강의 도가 자명의 어깨를 긋고 지나간 것이다.

자명이 베어진 어깨를 흘끔 내려다보고는 염무강에게로 시선을 돌렸다. 그 시선 속에는 조금의 동요도 없었다.

"과연, 살기를 품었더니 사람이 달라지는구먼."

염무강이 싸늘하게 웃으며 도를 들어 올렸다.

그러나 사실 자명은 살기를 품은 것이 아니었다. 그저 마음이 일어났을 뿐이었다. 다른 점이 있다면 스스로의 무공을 직시하고 그것을 적극적으로 활용하고자 한다는 점 정도일 터였다.

"처음부터 이랬어야지."

염무강이 가진바 내공을 모두 끌어올렸다.

본래 염무강에게는 스승을 상대하기 위해 숨겨둔 비장의 한 수가 있었다. 신풍삼로를 하나로 합쳐 단 하나의 바람으로 이끌어내는 것이다. 비록 아직은 완성하지 못했지만, 그것이라면 능히 승리를 거둬낼 수 있으리라.

"하하하!"

염무강이 크게 웃음을 터뜨렸다.

주인을 잃은 도, 깨어진 청석 등이 염무강 쪽으로 굴러들어오더니, 폭풍을 만난 것처럼 한순간에 뒤로 밀려났다. 염무강의 신풍삼로, 아니, 염왕도가 펼쳐진 것이다.

콰앙—!

굉음이 울려 퍼지며 주위의 사물들이 모조리 진동했다. 염무강의 도가 지나간 궤적에 놓여 있던 사물들은 기운을 견디지 못하고 부서져 내렸다.

그때 작은 바람이 불었다.

"이, 이게 무슨……."

작은 바람이 폭풍을 스치고 지나가자 염무강의 눈이 찢어질 듯 부릅떠졌다. 염무강은 도저히 믿지 못하겠다는 듯 몸을 부르르 떨었다.

흙먼지가 사라진 자리에 자명이 홀로 서 있었다. 땅이 모조리 파헤쳐져 엉망이 되어 있는데, 자명이 딛고 선 곳만은 멀쩡했다.

자명은 아무렇지도 않게 염무강의 도법을 받아낸 것이다.

"어떻게, 어떻게!"

염무강이 그렇게 중얼거릴 때였다. 자명이 한 걸음을 앞으로 내디뎠다.

염무강은 저도 모르게 뒷걸음질쳤다.

스승을 제외하고는 평생 두려움을 느껴본 적 없던 염무강이 공포를 느낀 것이다. 염무강은 팔이 부르르 떨리는 것을 느끼고는 얼른 주먹을 꽉 쥐었다.

'아니야, 이럴 리가 없다.'

설마하니 아직 어린 소년에게 자신이 두려움을 느꼈을 리가 없다. 스승도 대적할 수 있으리라 여겼던 무학이 이렇게 쉽게 깨어질 수는 없다. 염무강의 눈에 핏발이 솟구쳤다.

"놈, 어디 다시 한 번 붙어보자!"

염무강이 도를 들어 올리며 외쳤다. 그 순간 자명이 번개처럼 빠르게 염무강의 앞으로 쇄도해 왔다. 이제는 상황이 역전되어, 평정심을 잃은 것은 다름 아닌 염무강 쪽이었다.

자명의 검에서 조금 전 대기를 진동케 했던 기운이 일어났다. 염무강 역시 가진바 내공을 모두 끌어내어 염왕도를 펼쳤다. 자명의 검과 염무강의 도가 맞닿자 염무강은 내공을 끌어올려 자명의 검을 밀어내었다.

'내가 이렇게 쉽게 패배할 리가 없어!'

그러나 염무강의 도는 자명의 검에 짓눌릴 뿐이었다. 그렇지 않아도 금이 가 있던 도가 쩍, 소리를 내며 크게 갈라지기 시작했다.

"이럴 리가 없다!"

염무강이 그렇게 외칠 때였다. 파삭, 소리와 함께 오른쪽 어깨가 갑자기 허전해졌다. 염무강은 눈을 부릅뜨고 바닥을 내려다보았다. 자신의 오른팔이 부서진 도를 쥔 채로 바닥에 떨어져 있었다.

자명의 검이 염무강의 도와 함께 팔을 잘라내고 만 것이다.

염무강은 눈을 부릅뜨며 자명 쪽으로 시선을 돌렸다. 염무강의 팔을 잘라 버린 자명이 몸을 회전하는가 싶더니 쓰러지는 염무강의 가슴팍에 장을 뻗었다.

"컥!"

염무강이 신음처럼 호흡을 들이켜고는 눈을 끔뻑였다. 그것이 염무강이 기억하는 마지막이었다.

자명의 장에 적중당하마자 내공이 바람처럼 새어나가더니, 이내 견딜 수 없는 격통이 밀려들었던 것이다.

장내에 싸늘한 침묵이 맴돌았다.

본래 염무강의 무위는 문무쌍성보다도 약간 우위에 있다 할 수 있었다. 아니, 어쩌면 천하오절과도 비견될 수 있으리라. 그러나 오늘, 한 명의 소년이 염무강을 꺾어버리고 말았다.

"어, 어떻게 염왕도 염무강을……."

암천의 무인 하나가 질린 얼굴로 중얼거렸다. 자명이 지친 시선으로 노려보자 암천의 무인이 저도 모르게 흠칫 놀라며

한 걸음 뒤로 물러났다.

자명이 나직한 목소리로 중얼거렸다.

"도망치는 자는 베지 않겠습니다."

암천의 무인 하나가 이를 뿌드득 갈았다.

"놈! 암천의 무인은 결코 후퇴하지 않… 크, 크아악!"

자명의 검이 번개처럼 스치고 지나가자 암천의 무인이 무릎을 꿇었다. 단 삼 합 만에 근맥이 잘리고 단전을 손상당하고 만 것이다.

자명의 시선이 또 다른 암천의 무인에게로 향했다.

"도망치는 자는 베지 않겠습니다."

장내에 있던 암천의 무인들이 천천히 뒷걸음질쳤다.

그때, 믿을 수 없다는 듯 자명을 바라보던 남궁세가의 가주, 남궁창천이 한차례 진각을 밟으며 외쳤다.

"남궁세가의 가솔들은 들어라!"

"존명!"

"은인의 도움으로 저들의 수장을 물리쳤으나 잔당은 아직도 이렇게 많이 남아 있다! 그렇다면 어찌해야 하겠느냐!"

남궁창천의 한마디로 장내의 분위기가 확 바뀌었다. 자명의 신위를 보았거니와, 가주가 우렁찬 음성으로 남궁세가가 건재함을 알렸으니 남궁세가의 사기가 하늘 높은 줄 모르고 솟구쳐 올랐던 것이다.

"저들은 더 이상 남궁세가에 발을 디딜 수 없을 것입니다!"

"시행하라!"

맹주가 우렁차게 외치자 남궁세가의 무인들이 암천의 마두들을 공격하기 시작했다. 이전과 같은 난전이었으나, 조금 전까지 우위를 점하고 있던 암천의 마두들은 정신없이 뒤로 밀려나야 했다.

후방에서 자명이 나타나며 그들의 전력을 반으로 줄였으니 이미 수적인 우위도 의미가 없었고, 방금 수장을 잃었으니 사기도 잃었다. 그들이 밀려나는 것은 어쩌면 당연한 일이었다.

자명은 피곤에 지친 얼굴로 장내를 바라보다가 천천히 몸을 돌렸다. 바로 뒤에서는 화란 아가씨가 창백한 얼굴로 노리개를 움켜쥔 채 자신을 바라보고 있었다.

자명이 옅은 미소를 지었다.

"화란 아가씨."

양손으로 노리개를 움켜쥔 남궁화란이 고개를 숙였다. 그녀의 눈에는 눈물이 가득했다.

"많이 외로웠습니다."

"미안해요."

　도대체 무엇이 그렇게 미안한 것일까? 그것은 남궁화란 스스로도 몰랐다. 남궁화란은 북받쳐 오르는 그리움 속에서 같은 말만을 중얼거렸다.

　"미안해요, 진 화공. 미안해요."

　피를 너무 많이 흘렸던 탓일까? 자명은 어쩌면 이 모든 것이 꿈일지도 모른다고 생각했다. 자명은 저도 모르게 손을 뻗어 화란 아가씨의 눈물을 닦아주었다.

　자명의 손이 닿자 남궁화란의 몸이 흠칫했다.

　"많이 그리워했습니다."

　자명의 신형이 한차례 흔들렸다. 피를 많이 흘리기도 했거니와, 긴장이 풀려 버린 것이다. 자명은 언젠가 화란 아가씨가 물었던 질문을 떠올렸다.

　자신을 지키려다 내상을 입었던 화란 아가씨는… 죽음이 찾아오는 순간까지 자신을 걱정했다. 그리움이 가득 담긴 얼굴로 자신을 바라보며 '이제는 외롭지 않은 건가요?' 라고 묻던 모습이 아직도 생생했다.

　"이제 저는……."

　자명의 눈에서 눈물 한 방울이 떨어졌다.

　"외롭지 않습니다."

　그 말과 동시에 자명의 육신이 남궁화란에게로 기울어졌다. 남궁화란이 비명을 지르며 자명을 안듯이 부축했다.

“화공!”

자명은 흐릿한 시야로 남궁화란을 바라보며 웃었다. 아니, 웃었는지 아닌지도 잘 모르겠다.

곧 어둠이 찾아왔다.

第六章
마침내 돌아와……

1

　혜운이 지원군을 조직하는 데는 적지 않은 시간이 걸렸다. 아무리 천검의 이름을 이용한다 해도 떨어진 거리만큼은 어쩔 수가 없었던 것이다.

　결국 혜운과 지원군이 남궁세가에 도착한 것은 이십여 일이 지난 후였다. 홍 시비가 비연대의 절반 이상을 보내 그녀를 도왔기에 망정이지, 그렇지 않았다면 그보다 더한 시간이 걸렸으리라.

　남궁세가에 도착한 혜운은 그야말로 말문이 막힌다는 표정으로 주위를 둘러보았다.

‘이건 너무해.’

남궁세가의 모습은 그야말로 처참했다. 나름대로 수습을 한다고는 했지만 그간 입은 피해가 결코 작지 않았던 것이다. 외원의 대부분은 부서져 내린 상태였고, 그 속에 드문드문 말라붙은 핏자국이 보였다. 혜운은 일단의 사람들이 핏자국을 지우는 모습을 바라보며 입술을 질끈 깨물었다.

‘우리가 너무 늦은 거야.’

조금만 더 빨리 알았더라면 피해를 조금이나마 줄일 수 있었으리라. 죽음을 맞은 사람들을 더 구할 수 있었으리라.

혜운이 그렇게 생각할 때였다. 남궁세가의 소가주, 남궁환이 혜운을 불렀다.

“이쪽으로 오시지요, 혜운 소저.”

남궁환의 얼굴에는 짙은 고통이 머물러 있었다. 비록 멸문을 피하고 승리를 거두긴 했지만, 그 기쁨은 그야말로 찰나일 뿐인 것이다. 기쁨이 사라진 자리에는 눈물과 한탄만이 남아 있었다.

하지만 그의 눈동자에는 남궁세가에 대한 자부심이 살아 있었다. 남궁환의 눈동자는 곧 남궁세가의 모든 사람들을 대변하는 것이었다.

남궁환을 물끄러미 바라보던 혜운이 고개를 끄덕였다.

“그쪽이 내원인가요?”

“예, 그렇습니다.”

“혹시 화공도 내원에 머무르고 있나요?”

“그렇습니다. 창천각에 머물고 계시지요.”

남궁환의 말에 혜운이 고개를 푹 숙였다.

합비는 묵월검랑에 대한 이야기로 들끓고 있었다. 단 일 검에 천하오절을 능가하는 고수의 목을 베었다더라 하는 것부터 홀로 천 명을 상대했다는 이야기까지, 출처를 알 수 없는 소문들이 몸집을 키워 나가고 있었던 것이다.

혜운 역시 그러한 소문을 들어본 적이 있었다. 그중 그녀의 마음을 가장 아프게 한 것은, 묵월검랑의 상처가 심상치 않더라는 소문이었다.

“많이 다쳤다고 들었어요. 그는 괜찮은 건가요?”

남궁환이 부드러운 미소를 지어 보였다.

“처음에는 폐가에서도 걱정이 많았지요.”

묵월검랑의 상처는 결코 작지 않았다. 옆구리에는 커다란 구멍이 뚫려 있었고, 가슴팍에는 긴 자상이 있었던 것이다. 그를 살펴본 의원이 회생의 기회가 없다고 선언할 정도였으니, 말 다한 셈이다.

그러나 사흘이 지나자 기이한 일이 벌어졌다. 그때부터 상처가 아물기 시작했는데, 그 속도가 범인과는 비교할 수 없을 정도로 빨랐던 것이다.

그리고 며칠 뒤, 묵월검랑은 처음으로 의식을 찾았다.

"하지만 지금은 괜찮습니다. 의원의 말에 따르면 칠 주야 정도만 더 요양하면 이전과 다를 바 없는 상태가 될 거라 합니다."

"…다행이다."

혜운이 고개를 숙인 채 조그맣게 중얼거렸다.

"이쪽으로 오십시오, 혜운 소저."

남궁환이 다시 혜운을 내원으로 안내했다. 혜운이 종종걸음으로 남궁환의 뒤를 쫓았다. 아무 말 없이 걷다 보니 어느새 창천각 앞이었다.

창천각 앞에 서자 남궁환이 포권지례를 취해 보였다.

"이제부터는 시비가 안내할 것입니다. 예가 아닌 줄은 압니다만, 할 일이 있으니 이만 물러날까 합니다."

"할 일이라 하심은……?"

"고가장(高家莊)의 장주께서 폐가를 찾아주셨는데 어찌 맞이하지 않을 수 있겠습니까?"

지원군을 조직한 것은 혜운이었지만 그녀는 그 수장을 맡지 못했다. 천검의 이름을 팔았으나 그녀는 천검 본인이 아니라 그의 손녀일 뿐인 것이다. 지원군의 수장은 육안(六安) 고가장의 장주가 맡게 되었다.

"그렇군요. 환대에 감사드려요, 소가주."

"그럼 이만."

남궁환이 한 번 더 읍하여 보이고는 몸을 돌려 내원을 벗어났다. 물끄러미 그 모습을 바라보던 혜운이 침을 꿀꺽 삼키고는 창천각 안으로 들어섰다.

창천각 안에는 폐허와 어울리지 않을 정도로 깔끔하게 옷을 갖춰 입은 시비가 서 있었다. 그녀는 혜운에게 머리를 조아려 보이고는 창천각의 이층에 있는 방으로 혜운을 안내했다. 방 앞에 선 시비가 혜운의 방문을 알리려 입을 열었다.

"자, 잠깐!"

혜운이 다급히 시비의 팔을 붙잡았다. 시비가 놀란 눈으로 그녀를 돌아보았다. 혜운이 손가락을 세워 입으로 가져갔다.

"저, 저는 조금 있다가 들어갈 생각이에요. 그러니 방 안에 알리지 않으셨으면 좋겠는데."

"…알겠습니다, 아가씨."

말로는 알았다고 하지만 시비의 얼굴은 못내 이상했다. 잠시 수상쩍다는 듯 혜운을 바라보던 시비가 머리를 숙였다.

"그럼 저는 이만 물러나 보겠습니다."

"예, 안내해 주셔서 고마워요."

시비가 두어 걸음 뒷걸음질치더니, 이내 몸을 돌려 걸음을 옮겼다. 시비가 모퉁이를 돌아 사라지자 혜운은 정신없이 자신의 옷차림새를 점검했다.

'이, 이상하게 보이지는 않겠지?'

남궁세가까지 정신없이 말을 타고 오느라 미처 옷차림새를 점검하지 못했다. 홍 시비 역시 지원군을 조직하는 데 바빠 혜운을 살피지 못했고 말이다.

옷차림새를 점검하던 혜운이 어깨를 추욱 늘어뜨렸다.

'그나저나 뭐라고 해야 한담?'

이곳은 남궁세가, 다름 아닌 남궁 언니가 있는 곳이다. 화공은 벌써 남궁 언니를 만났을 터. 그런 화공에게 무어라고 말해야 할지 모르겠다.

한동안 고민하던 혜운이 문을 열기 위해 손을 뻗었다.

그 순간 방안에서 자그마한 목소리가 들려왔다.

"예, 혜공 성승께서는 당신께서 입적하실 날조차 알고 계셨나 봅니다. 다음날, 혜공 성승께서는 마치 명상에 잠긴 것처럼 입적에 드셨습니다."

"그랬군요. 은자께서 그렇게……."

곧이어 남궁 언니의 목소리가 들려왔다.

혜운이 뻗었던 손을 힘없이 내렸다. 익히 예상했던 일인데도 불구하고 남궁 언니와 화공이 함께 있다고 생각하니 가슴 한구석이 철렁 내려앉았다.

그녀는 몰랐지만, 사실 자명과 남궁화란은 벌써 몇 시진째 대화를 나누고 있었다. 둘이 함께 공유했던 추억, 헤어진 후

에 자명이 겪었던 이야기. 둘은 재회의 기쁨에 빠져 시간이
가는 줄도 모르고 있었던 것이다.

또다시 남궁 언니의 목소리가 들려왔다.

"은인의 심려가 크셨을 것 같습니다."

"애먼 눈물을 많이도 흘렸지요, 화란 아가씨."

화공의 나직한 목소리가 뒤를 이었다.

혜운은 눈을 지그시 감고는 당장에라도 가버릴 것처럼 방
문을 등지고 섰다. 잠시 그렇게 서 있던 혜운은 창천각 밖으
로 나가는 대신 벽에 등을 기대고는 쪼그려 앉았다.

무릎을 모아 얼굴을 파묻은 혜운이 어두운 시선으로 바닥
을 내려다보았다.

화공과 남궁 언니가 대화를 나누는 소리는 한참 동안 끊이
지 않았다. 주변을 지나던 시비가 이상하다는 듯한 시선으로
자신을 흘끔거렸지만, 혜운은 고개를 들지 않았다.

그렇게 얼마나 지났을까.

근 반 시진을 그렇게 앉아 있던 혜운의 눈에 누군가의 당혜
가 보였다. 혜운은 당혜의 주인을 물끄러미 올려다보았다.

어느새 그녀의 앞에 홍 시비가 서 있었다.

"…아가씨의 방문을 알릴까요?"

혜운의 심정을 알았음일까? 홍 시비가 아무도 듣지 못할
만큼 작은 목소리로 질문했다.

혜운은 고개를 절레절레 저었다.

"그럼 일어나세요, 아가씨."

홍 시비의 눈동자에는 따듯한 염려가 담겨 있었다. 물끄러미 홍 시비를 올려다보던 혜운이 천천히 자리에서 일어났다. 미련이 담뿍 담긴 눈으로 방문을 돌아보던 혜운이 곧 창천각 밖으로 걸음을 옮겼다.

홍 시비가 혜운을 쫓으며 조심스럽게 물었다.

"괜찮으세요, 아가씨?"

혜운은 대답 대신 울적한 얼굴로 고개를 끄덕였다.

홍 시비가 부드러운 미소를 머금었다.

"방에 들어가시지 그랬어요."

혜운이 바닥을 내려다보며 중얼거렸다.

"아니야. 화공도 오랜만에 남궁 언니를 만났을 텐데, 내가 양보해야지."

"양보라고요? 아가씨, 어울리지 않게……."

홍 시비가 장난스레 놀란 척하며 눈을 휘둥그레 떴다. 혜운이 씁쓸한 미소를 지으며 말했다.

"화공이 기뻐하고 있잖아."

자신의 욕망으로 화공을 대할 수도 있었다. 남궁 언니랑 같이 있지 못하게 마구 훼방을 놓으면 되는 것이다. 사실, 그러고 싶은 마음이 굴뚝같았다.

하지만 혜운은 그렇게 할 수 없었다. 언젠가부터 자신의 기쁨보다 화공의 기쁨이 더 소중해진 것이다. 혜운은 화공을 위해 자신의 욕망을 포기했다.

그렇게 마음을 비워놓고 보니 또 다른 생각이 떠올랐다.

"있잖아, 홍 시비. 나는 옛날부터 할아버지랑 아버지를 이해하지 못했었어."

할아버지는 왜 자신과는 아무 상관도 없는 강호를 구하겠다고 싸운 걸까. 아버지는 왜 하나뿐인 딸도 돌아보지 않고 강호로 떠나 버린 걸까.

얼마 전까지만 해도 그들을 이해하지 못했었다.

"사실은, 화공도 이해하지 못했었지."

어느새 창천각을 벗어난 혜운이 남궁세가의 풍경을 바라보았다. 부서지고 깨진 풍경을 쓸쓸하게 바라보던 혜운이 눈을 지그시 감았다.

"하지만 지금은 조금이나마 알 것 같아."

지금껏 그녀는 동정심이나 이타심이란 감정을 이해하지 못했었다. 사람이 왜 자신의 욕망, 아니, 그 이상의 것까지 희생하는지 알지 못했다. 하지만 화공을 위해 자신의 욕망을 버리고 나니 보이는 것이 있었다.

그들은 사랑하고 있었던 것이다, 세상을.

"할아버지를 만나러 가야겠어, 홍 시비."

"예? 천검을 말씀이십니까?"

혜운이 조용히 고개를 끄덕였다.

"할아버지께서 움직이면 강호의 판도가 바뀔 거야. 할아버지는 천하오절 중에서도 제일이라는 천검이니까. 그러면 암천의 난을 조금 더 빨리 진정시킬 수 있겠지."

"하지만 천검께서는 쉬이 움직이지 않으실 텐데요."

"졸라볼 거야, 움직이실 때까지. 내가 할 수 있는 일은 그 정도밖에 없으니까."

"화공은 어쩌시고요?"

혜운의 발걸음이 문득 멈추었다. 그녀는 창천각의 모습을 흘끔 돌아보고는 고개를 숙이고 입술을 비죽거렸다.

'두고… 두고 가야겠지.'

화공의 얼굴을 볼 자신이 없었다. 화공의 얼굴을 보면 남궁세가를 떠나지 못할 것 같았다. 아마 틀림없이 엉겨 붙어 욕망으로 화공을 대하게 되리라.

"포기한 거 아니야."

혜운이 들리지도 않을 정도로 작게 속삭였다.

홍 시비가 부드러운 미소를 지으며 혜운의 머리를 쓰다듬어 주었다. 고개를 떨어뜨린 혜운의 눈가에서 눈물이 한 방울 바닥으로 떨어졌다. 홍 시비는 아예 혜운을 품에 안아버렸다.

혜운이 울음기 가득한 목소리로 말했다.

"정말로 포기한 거 아니야."

"알아요, 아가씨."

홍 시비가 혜운의 등허리를 두드려 주었다. 혜운이 홍 시비의 어깨에 얼굴을 묻으며 조그맣게 중얼거렸다.

"하지만 조금은 슬프다, 홍 시비."

홍 시비의 어깨가 혜운의 눈물로 젖어들었다. 하지만 홍 시비는 아무 말도 하지 않고 그녀의 등을 두드려 줄 뿐이었다.

상처는 심했지만 자명은 별반 큰 통증을 느끼지 못했다. 어쩌면 그것은 고통에 익숙해졌기 때문일지도 몰랐다. 그간 강호를 여행하며 수도 없이 상처를 입어왔던 것이다.

"정말로 움직여도 괜찮은데."

"아니 됩니다, 은인. 의원의 말대로 최소 칠 주야는 거동을 삼가야 할 것입니다."

남궁화란이 얼음장처럼 차가운 얼굴로 고개를 저었다.

자명이 실소를 머금으며 고개를 끄덕였다. 몸이 갑갑하기는 했지만 이렇게 걱정 어린 시선을 받는 것도 나쁜 기분만은 아니었다.

한동안 조용히 미소 짓던 자명이 문득 남궁화란을 불렀다.

"너무 제 이야기만 했군요. 화란 아가씨는 그동안 어떻게 지냈나요?"

남궁화란의 시선이 한차례 흔들렸다. 그녀는 애써 표정을 관리하며 담담한 목소리로 입을 열었다.

"스승께 청허심결을 가르침받았지요."

그녀를 제자로 삼은 것은 다름 아닌 독괴, 당노독파였다. 당노독파는 남궁화란의 내상을 치유하기 위해 청허심결을 전수했던 것이다.

"스승께서 기초를 이루었다 하시며 떠나간 뒤로는 칩거하여 내상을 치유하는 데 전념했습니다. 남궁세가에 습격이 있기 전까지는 말입니다."

"많이 아프셨나요?"

자명이 남궁화란을 주시하며 말했다. 남궁화란은 아무런 말도 하지 못하고 자명의 시선을 피해 고개를 숙였다.

아무리 기다려도 남궁화란이 자신을 돌아보지 않자 자명은 침상 위에 놓인 남궁화란의 손을 붙잡았다.

남궁화란의 몸이 흠칫했다.

"다시는 그러지 말아요."

남궁화란은 여전히 대답을 하지 못했다. 자명이 남궁화란의 손을 힘주어 쥐자 남궁화란이 조금씩 고개를 들었다.

"약속하세요, 화란 아가씨. 다시는 그러지 말아요."

남궁화란은 눈물이 왈칵 쏟아질 것 같은 기분을 느꼈다. 자명만큼이나 컸던 그녀의 그리움이 비로소 채워지고 있었다. 바로 눈앞에 다시는 볼 수 없으리라 생각했던 화공이 있는 것이다. 그 사실이 고맙고 기쁘면서도, 동시에 가슴이 아릿하게 저려온다.

“알겠습니다, 은인…….”

남궁화란은 애써 울음을 참으며 고개를 끄덕였다.

그러나 그것은 그녀 스스로도 장담치 못할 약속이었다. 만약 그때와 같은 상황이 다시 벌어진다면 어떻게 될까. 또다시 그때처럼 하지 않을까.

하지만 그러한 남궁화란의 속내를 모르던 자명은 그제야 안신한 듯 한숨을 내쉴 뿐이었다. 그렇게 마음을 놓고 보니 문득 손아귀가 간질간질하다.

남녀가 칠세(七歲)면 부동석(不同席)이라는데, 같은 자리에 있을 뿐 아니라 손까지 잡고 있는 것이다.

자명은 황급히 남궁화란의 손을 놓고 고개를 돌리고는 붉어진 얼굴로 얼른 화제를 바꾸었다.

“그, 그보다 오랜만에 돌아왔는데 채화당에는 가보지도 못하게 되었군요.”

“그렇지 않아도 채화당에서 연락이 왔었습니다, 은인.”

남궁화란이 조그마한 목소리로 대답했다.

묵월검랑에 대한 소문을 들은 채화당은 그 길로 사람을 보냈는데, 남궁세가는 그들을 받아들이지 못했다. 아직 부근에 암천의 잔당들이 돌아다니니 혹여 채화당이 화를 입을지도 모른다고 생각했던 것이다.

"비록 폐가에 여력이 없긴 하지만 가진바 힘을 모두 동원하여 암천의 잔당을 쫓고 있습니다, 은인. 머지않아 채화당에 가보실 수 있을 테니 염려하지 마십시오."

"알겠습니다, 화란 아가씨."

자명이 고개를 두어 번 끄덕일 찰나였다. 방문 밖에서 시비의 목소리가 들려왔다.

"가주께서 찾아계십니다."

남궁화란이 서둘러 자리에서 일어났다. 자명 역시도 몸을 일으키려 했다.

그러나 그보다 빨리 가주가 방 안에 들어오고 말았다.

"일어나실 필요 없소이다, 은인. 아니, 오히려 일어나신다면 본인이 더 민망해질 게요. 대례를 올려도 모자랄 입장이니……"

"하오나, 가주."

자명이 무어라 말하기도 전에 남궁세가의 가주가 포권지례를 취해 보였다.

"인사가 늦었소이다, 은인. 남궁세가의 가주 남궁창천이 구명지은에 감사드리오."

자명의 몸이 아프기도 했거니와, 폐허가 된 남궁세가를 수습하느라 아직 자명을 찾지 못했던 남궁창천이었다.

"미, 민망합니다. 예를 거두어주십시오."

자명이 황망한 얼굴로 대답했다.

그러나 남궁창천은 포권의 자세를 풀지 않았다.

"과례십니다, 가주. 정말입니다."

자명이 몇 번이나 겸양의 뜻을 밝히고 난 뒤에야 남궁창천은 고개를 들었다. 남궁창천의 시선이 자명의 옆에 앉은 남궁화란에게로 향했다.

"너는 은인을 부족함없이 모셔야 할 것이다."

"명을 받드옵니다."

남궁화란이 읍하여 대답하고는 조심스레 자명을 바라보았다. 어색한 얼굴로 남궁화란을 흘끔거리던 자명이 재빨리 고개를 돌렸다.

남궁창천이 헛웃음을 머금었다.

'허어, 가내에 떠도는 소문이 진실이란 말인가?'

남궁세가의 무인들은 아직도 염무강과 자명이 벌인 생사결을 기억하고 있었다. 염무강이 남궁화란을 죽이려 했던 것도, 자명이 그런 남궁화란을 구해낸 것도.

남궁세가에 자명과 남궁화란을 연결 짓는 소문이 난 것은 당연한 일이라 할 수 있었다. 묵월검랑이 남궁화란의 미인도를 그렸다는 점이 더욱 그 소문을 뒷받침해 주었다.

소문은 남궁세가를 넘어 합비에도 번졌다. 벌써 저잣거리에 묵월검랑과 빙설화의 연담(戀談)을 늘어놓는 매화자(賣話子)들이 등장했을 정도였다.

'소문이 사실이라면……'

남궁세가의 가주가 자명을 물끄러미 바라보았다. 잠시 무언가를 생각하던 남궁창천이 고개를 절레절레 저었다.

'공연한 생각을 했구나. 아직 확실치도 않은 것을.'

하지만 마음이 쓰이는 것만은 사실이었다. 아닐 것이라 생각하면서도, 남궁창천은 둘에게서 시선을 떼지 못했다.

"남궁세가의 피해는 얼마나 큰가요?"

한동안 남궁화란을 살펴보던 자명이 어두운 얼굴로 질문했다. 남궁창천이 눈을 지그시 감았다.

자명이 고개를 숙이며 중얼거렸다.

"…많은 사람들이 죽었겠지요?"

"안타깝게도 그렇소이다."

자명이 서글픈 얼굴로 눈을 지그시 감았다.

"그러나 걱정하지 마시오. 남궁세가의 뿌리는 깊으니, 이만한 바람에는 결코 흔들리지 않소이다. 아니, 오히려 세를 수습하여 받은 만큼 돌려줄 것이외다."

남궁창천은 문득 고가장의 장주를 떠올렸다. 고가장의 장주는 다름 아닌 남궁세가의 입지를 노리고 있었다. 뒤늦게라도 구원의 손길을 내밀었으니, 생색을 낼 만한 바탕은 이미 이루어진 셈인 것이다.

'흥! 그러나 남궁세가는 결코 흔들리지 않을 것이다.'

남궁창천이 한차례 수염을 쓰다듬었다.

자명은 물끄러미 그런 남궁창천을 바라보았다. 자명의 얼굴은 여전히 어둡기 짝이 없었다.

2

그로부터 사흘 뒤, 혜운과 홍 시비가 남궁세가를 떠났다. 자명은 혜운이 인사도 없이 떠나갔다는 소식에 서운함을 금치 못했다. 그간 동행하며 쌓인 정이 적지 않았던 것이다.

동시에 마음이 신산스러워지기도 했다. 혜운 소저가 어느 들판에서 했던 이야기가 마음에 턱하니 걸려 있었던 것이다. 자명은 그날부터 얼마간 상념에 빠진 채로 지내야 했다.

칠 주야가 지난 후, 몸을 움직일 수 있게 된 자명은 채화당으로 향했다. 동행으로 남궁화란이 따라나섰다.

비록 채화당의 안전을 위해서 방문을 막았다고 하나 사실상 문전박대나 다름이 없었으니, 그를 사죄하기 위해 남궁세가의 장녀가 동행한 것이다.

남궁세가가 보내준 마차에서 내린 자명이 채화당의 정문에 서서 부드러운 미소를 지었다.

'생각해 보면 얼마 지나지 않았는데 벌써 수년은 지난 기분이로구나.'

문득 채화당을 벗어날 때가 떠올랐다. 몰래 채화당을 벗어나려고 밤늦게 길을 나섰는데, 정문을 넘기도 전에 상준백 사부님과 모영찬 화공에게 들키고 말았다. 바로 이 문가에서 자명은 상준백 사부님을 뿌리치고 도망을 쳤었다.

자명이 그렇게 옛 생각에 빠져 있을 때였다. 채화당의 정문이 열리더니, 뒤에서 장비처럼 수염이 삐죽삐죽 난 거한이 고개를 빼꼼 내밀었다.

"오, 오셨소이까?"

"왕치?"

문을 연 거한은 과거, 이자언과 함께 자신을 괴롭히곤 했던 왕치였다. 자명이 놀라 눈을 동그랗게 떴다.

왕치는 겁을 잔뜩 집어먹은 얼굴로 더듬더듬 중얼거렸다.

"그, 그렇소이다. 나 왕치요. 귀하는……."

왕치는 자명이 무서운 무공을 익혔다는 소문을 들었을 때부터 잠을 이루지 못하였다. 혹시 자명이 복수를 한답시고 해코지를 하지 않을까 걱정이 되었던 것이다.

자명이 채화당을 찾아올 것이라는 전갈을 받았을 때는 아예 안절부절못하던 왕치였다.

"귀하는 나를 때리지 않을 거지요?"

"하핫."

자명은 저도 모르게 헛웃음을 짓고 말았다. 본래 어리숙하고 둔한 데가 있었던 왕치가 자명을 따라 헤, 웃었다. 자명의 검은 눈을 보자 조금이나마 근심이 사라진 것이다.

"어, 어서 들어오시오. 본당에서 채화당감공(彩畵堂監工)께서 기다리고 계십니다."

왕치가 문을 활짝 열어주고는 다시금 모습을 감추었다. 자명은 천천히 채화당 안으로 들어섰다.

채화당 안은 번잡했다. 노화백들은 저게 정말로 묵월랑인가 하는 표정으로 심각하게 바라보고 있었고, 젊은 청년들은 선망의 눈빛으로 자명을 바라보고 있었다. 물론 예전에 자명을 괴롭히던 아이들은 재빨리 시선을 피했지만 말이다.

화공들 속에는 어린아이들이 서서 옆 사람의 옷자락을 부여잡으며 도대체 저 사람이 누구냐고 묻고 있었다.

'내가 떠난 이후에 들어온 제자들인 모양이로구나.'

자명은 아이들의 모습을 바라보다 말고 한숨을 내쉬었다. 아이들 너머로 어렸을 적 홀로 그림을 그리던 나무가 보였던 것이다.

"하아—"

한동안 그리움에 젖은 시선으로 나무를 바라보던 자명이 남궁화란 쪽으로 시선을 돌렸다.

"이쪽입니다, 화란 아가씨."

"예, 은인."

남궁화란이 조그마한 목소리로 대답하며 자명을 쫓았다.

상준백 사부님께 용필법을 배우던 예화당(禮畵堂)과 고화들을 모작하곤 했던 우진당(愚進堂)을 말없이 지난 자명은 마침내 채화당의 본당에 다다랐다.

자명이 감회에 젖은 눈으로 본당을 바라보았다.

"제자 진자명이……."

그리움으로 목이 멘 자명이 침을 꿀꺽 삼켰다.

"제자 진자명이 문후를 여쭙습니다."

마침내 본당의 문이 열렸다. 본당의 안에는 곽주 화백, 조운고 화백, 상준백 화공과 모영찬 화공이 앉아 있었다.

곽주 화백이 입을 열었다.

"들어오너라."

자명이 천천히 자리로 들어가 무릎을 꿇고 삼배(三拜)를 올렸다. 곽주 화백이 물끄러미 그런 자명을 바라보았다.

"그간 무탈하였느냐?"

자명은 아무 말도 하지 못하고 고개를 숙였다. 문득 가슴에서 뜨거운 것이 차올라 입을 열지 못한 것이다.

"그래, 그간의 고생이 결코 적지 않았을 터, 대답하지 않아도 좋다. 이제 돌아왔으니 되었어."

한동안 씁쓸한 얼굴로 자명을 바라보던 곽주 화백이 남궁화란에게로 시선을 돌렸다.

"한데 남궁세가의 장녀께서는 예까지 어인 일이시오?"

"며칠 전의 무례를 사죄하기 위해 왔습니다. 폐가가 귀 당의 방문을 받지 못한 것은……."

"그것이라면 됐소이다. 우리도 충분히 짐작하는 바이니."

곽주가 나직하게 중얼거리고는 수염을 한차례 쓰다듬었다. 채화당 역시 남궁세가가 자신들을 생각해서 방문을 막았다는 것을 짐작하고 있었던 것이다.

곽주와 남궁화란이 담소를 나누는 사이, 자명이 무뚝뚝하게 앉아 있는 상준백에게 머리를 조아렸다.

"그간 찾아뵙지 못해 죄송합니다."

"건강한 것을 보았으니 됐다."

상준백 화공이 엄한 목소리로 말하였다. 자명이 어두운 얼

굴로 고개를 숙였다. 사부를 뿌리치고 야반도주를 했으니 죄
스러울 수밖에 없는 것이다.

"상준백 사부님."

"사부님이라고 부르지도 말아라! 세상 밖으로 나가야만 그
림을 그릴 수 있다더니… 그래, 칼을 들고 돌아와?"

상준백이 버럭 고함을 질렀다.

누구보다도 오채문 대화백을 존경하던 상준백이었다. 오
채문 대화백께서 친히 '도에 이를 아이'라 말한 자명을 얼마
나 유심히 지켜봤는지 모른다. 그런 아이가 채화당을 떠나 무
림인이 되었으니 실망이 얼마나 컸겠는가!

자명이 다시금 머리를 숙였다.

"죄송합니다, 사부님."

"흥! 붓을 버리고 칼을 들었음을 인정하는 게냐?"

"그것은 아닙니다. 오히려 저는 그림을 그리기 위해 칼을
들었습니다."

상준백이 일순 할 말을 잃은 표정으로 자명을 바라보았다.

"그림을 그리기 위해 칼을 들어?"

자명이 나직한 목소리로 대답했다.

"과거에는 무림을 두려워하여 피하고자 했었으나 양비자
라는 고인을 만난 후로 그럴 수가 없었습니다. 그림을 그리는
이는 그림만큼이나 아름다워야 합니다. 그림이 화(和)의 경지

에 이르려면 저 역시 그리해야 했습니다."

"중화미(中和美)에 의경미(意境美)라… 거창하게도 가져다 붙이는구나."

말과는 달리 상준백의 표정은 한층 누그러져 있었다. 자명의 말에도 일리가 있는 것이다. 화공의 깨달음이 깊어지면 그림 역시 미학의 경지에 다다르는데, 그것을 의경미라 한다. 의경미는 곧 법에서 벗어나 자유로운 운필과 표현으로 소요(逍遙)를 그려내는 경지인 것이다.

잠시 무언가를 생각하던 상준백이 입을 열었다.

"그래, 좋다. 행하지 않는 깨달음은 없는 법이니. 하나 너무 깊숙이 발을 들였더구나. 사람을 베고 피 맛을 보는 것이 좋더냐?"

"아름다움으로 대하면 다툼이 없다 합니다. 저는 다만 아름다움을 좇고자 했을 뿐입니다."

자명이 고개를 떨어뜨리며 대답했다.

"아름다움을 좇겠다는 놈이 강호무림에 발을 들여?"

"다툼을 그치게 하고자 함입니다."

상준백의 행동이 일순 멈추었다. 잠시 자명을 물끄러미 바라보던 상준백이 문득 웃음을 터뜨렸다.

"하하하! 그래, 그렇구나!"

상준백의 웃음은 점점 커져만 갔다. 한동안 무릎을 치며 웃던 상준백이 입을 열었다.

"아느냐? 만약 네가 붓을 버렸다면 나는 너를 붙잡아 가두어놓을 생각이었단다. 비록 네가 무림고수라지만 설마하니 스승을 때리기야 하겠느냐? 하지만 너는 조금도 변하지 않았구나, 조금도 변하지 않았어."

"그럼요! 우리 자명이 어디 쉽게 변하겠습니까?"

모영찬이 불쑥 끼어들었다. 그는 눈물이 그렁그렁한 눈으로 자명을 돌아보았다.

"그동안 얼마나 고생이 많았을까! 잘 왔다, 정말 잘 왔어! 이제 돌아왔으니 지친 몸도 쉬고, 마음껏 그림도 그리렴!"

자명을 많이 아꼈던 모영찬이었다. 오채문 대화백의 죽음 때문에 한없이 슬픔 속에 침잠해 있던 자명을 일으켜 세운 것도 바로 모영찬이었다.

"옆의 아가씨도 잘 왔소! 아니지, 자명의 인연이라니 내 하대를 해도 되겠지?"

자명의 옆에서 다소곳하게 앉아 있던 남궁화란이 멍한 얼굴로 모영찬을 바라보았다. 언뜻 모영찬의 말을 이해하지 못한 것이다. 그리고 그것은 자명도 마찬가지였다.

두 남녀가 멍한 얼굴이자 모영찬이 머리를 긁적였다.

"어, 저잣거리에 도는 소문이 헛소문이었던가?"

"됐네, 이 사람아. 실없는 소리는."

　상준백이 모영찬에게 면박을 주고는 자명을 돌아보았다.
그리고 부드러운 미소를 머금으며 말했다.
　"잘 돌아왔다, 자명아."
　자명의 가슴이 한차례 일렁였다.
　비로소 집에 돌아온 기분이 들었다.

第七章
서신(書信)

1

밤이 깊어갈 때까지 이야기는 끊이지 않았다. 오랜만에 자명이 돌아왔으니 해야 할 이야기도, 들어야 할 이야기도 무궁무진했던 것이다.

모영찬은 이자언이 황궁에 불려갔다는 소식을 전했다. 나름 재주를 인정받아 유명한 화백의 도제(徒弟)로 들어갔다는 것이다. 모영찬은 이자언이 뒷배경이 없어 따돌림을 받고 있다는 소식을 전하며 인과응보라며 통쾌해했다.

못마땅한 얼굴로 자명을 바라보던 조운고 화백은 자명에게 '예와 법을 그토록 싫어하더니, 지금은 어떠하나?' 라고 물었다. 자명이 '예와 법에 강제되었기 때문이 아니라, 마음에서 일어났기 때문에 그것을 따릅니다' 라고 대답하자 조운고 화백은 너털웃음을 터뜨리며 기뻐했다.

자정이 지나서야 담소는 끝을 맺었다. 남궁화란은 객실에서 머물게 되었고, 자명은 오랜만에 자신의 방으로 들어갔다.

하지만 자명은 잠을 이루지 못했다. 오랜만에 들어온 방이 정겹고도 낯설었던데다 추억이 하나하나 되살아나 마음을 간질였던 것이다.

자명은 방문을 열고 채화당의 밤공기를 들이마셨다.

"하아―"

잠시 그렇게 서 있던 자명은 천천히 방 밖으로 빠져나갔다. 한 걸음, 한 걸음이 그립고도 새로웠다.

자명은 본당에 몰래 들어가 후원을 구경했다. 할아버지와 함께 보았던 바위와 꽃, 들풀들을 하염없이 바라보던 자명은 이번에는 달이 담긴 물을 길어 올리던 우물가에서 다디단 냉수를 들이켰다.

상준백 사부님께 회초리를 맞곤 했던 예화당을 바라보면서는 웃음을 지었고, 조운고 사부님 밑에서 모작을 하던 우진당을 보면서는 멋쩍게 뒷머리를 긁적였다.

자명의 발걸음이 마지막으로 다다른 곳은 할아버지를 처음 만났던 나무였다. 자명은 나무 앞에 아무렇게나 앉아 머리를 기대고는 휘영청 뜬 달을 바라보았다.

'평안하신가요, 할아버지?'

할아버지가 웃음을 짓는 모습을 떠올리자 자명의 얼굴에도 미소가 떠올랐다. 생각해 보면 할아버지는 한 번도 여유를 잃은 적이 없었다. 자신은 그림을 그릴 때도, 세상을 떠돌 때도 조급하기만 했는데 말이다.

'어쩌면 조급했던 건, 마음을 정하지 못했기 때문일지도 모르겠어요, 할아버지.'

무림을 떠돌며 갈팡질팡했던 과거를 떠올리자 쓴웃음이 배어 나왔다. 자명은 눈을 지그시 감고 암천과 무림을 떠올렸다. 수많은 죽음들과 앞으로 벌어질 또 다른 죽음을 떠올리자 자명의 얼굴이 무거워졌다.

'아쉽지만 채화당에 오래 머물 수는 없겠구나.'

합비로 돌아가 다시는 나오지 말자고 생각했던 적도 있었다. 하지만 지금은 다르다. 자명은 잠시 앞날을 더듬어보았다. 무림맹으로 가야 할까, 아니면 홀로 움직여야 할까.

상념은 곧 염무강과 벌였던 생사결로 이어졌다. 염무강의 도에 옆구리를 찔려 쓰러졌을 때, 이전과 다른 새로운 기운이 일어났던 것이다.

'어쩌면, 그것은 마음이 일어났기 때문일지도 몰라.'

합비로 오는 마차 안에서 자명은 마음속에 화폭을 띄워놓고도 모작을 하지 못했었다. 억지로 마음을 일으키려고 했지만 잘되지 않았던 것이다.

하지만 염무강이라는 자와 결전을 벌일 때는 마음이 자연스럽게 일어났다. 화란 아가씨에 대한 마음이 일어나자마자 무명도원도의 호흡은 이능을 일으켰다.

'어디, 다시 한 번 해볼까?'

자명이 눈을 번쩍 뜨고는 주위를 둘러보았다. 그리고는 곧바로 쓴웃음을 머금었다. 이곳은 다름 아닌 채화당, 조금도 불편하게 생각할 이유가 없는 것이다.

자명은 나무 작대기를 들어 흙바닥에 가져갔다.

'마타지를 그려보고픈 마음도 있지만…….'

마타지는 나뭇가지를 마치 바람에 휘감긴 듯 늘어지게 그리는 것으로, 마원의 독특한 기법을 말한다. 구륵법으로 그려지는데, 그 정취가 은은하고 부드럽다.

하지만 자명은 그 대신 선묘법으로 획을 그었다. 작은 획이 옹이가 자리한 나뭇결을 그려 나간다.

그 선 옆에는 기나긴 획이 붙는다. 획은 소나무의 울퉁불퉁한 표면처럼 구불구불 이어졌다.

'할아버지의 노송도가 딱 이랬었지.'

자명이 헛웃음을 머금고는 다시금 쥐어 든 나뭇가지를 움직였다. 할아버지의 노송도를 모작하는 것도 좋겠지만, 지금은 아무 생각 없이 붓을 따라 움직이고 싶었다.

자명은 눈이 지그시 덮인 소나무를 한 그루 그려내고는 그 옆에 작은 집을 한 채 그려 나갔다. 먹도 없거늘, 자명의 붓 끝이 기이하게 꺾였다. 갈필(渴筆)의 수법으로 빠르게 그려 나가는 것이다.

'군더더기를 빼고 사의(寫意)만으로……'

화려하지 않아도 좋았고, 투박해 보여도 좋았다. 그저 자신의 마음을 그대로 표현할 수만 있으면 되는 것이다.

곧 눈에 뒤덮인 작은 집을 한 채 그려낸 자명이 눈을 반짝 빛냈다. 이번에는 집과 나무 사이에 서 있는 선비를 그릴 차례였다.

선비는 철선묘(鐵線描)로 그려 나간다. 선비는 눈에도 굴하지 않고 꼿꼿하게 서 있는데, 머리와 어깨에는 눈이 쌓여 있었다. 오래도록 한자리에서 움직이지 않은 것처럼 말이다.

바람도 없거늘, 자명의 옷자락이 펄럭이기 시작했다. 겨울에도 굴하지 않는 선비의 기상이 자명의 몸에도 배어든 것이다. 무명도원도의 호흡이 자연스럽게 자명의 내기를 이끌었다.

선비를 다 그려낸 자명이 물끄러미 바닥에 그려진 그림을 내려다보았다.

'하! 내가 멍청했구나. 산을 그리기도 전에……'

주변의 풍광은 모조리 빠진 채 눈이 쌓인 집과 나무, 사람만이 그려져 있었다. 자명은 물끄러미 그림을 내려다보다가 피식 미소를 짓고 말았다.

'조운고 사부님께서 보셨다간 꾸중을 하실 거야.'

바닥에 그려진 그림은 그야말로 방만했다. 마일각을 따라 변각구도로 그려졌는데, 그려진 사물이 단 세 개뿐이니 변각구도의 맛도 잘 살지 않았다.

예와 법에서 어긋나도 한참을 어긋난 것이다.

그러나 동시에 그림은 자유로웠다. 너른 바닥에 그려진 작은 낙서가 아니라 바닥 전체를 여백으로 삼은 듯한 큰 그림이었다.

'그러고 보니 방금은 붓이 먼저였을까, 마음이 먼저였을까?'

자명이 고개를 갸웃했다. 마음이 일어나 나뭇가지를 쥐었는데, 그리다 보니 나뭇가지를 따라 마음이 일어났다. 도무지 무엇이 선이고 무엇이 후인지 알 수가 없는 것이다.

'모르겠구나, 모르겠어.'

자명은 피식 웃고는 고개를 숙였다.

문득 할아버지가 떠올랐다. 어렸을 적, 바로 이곳에서 자신은 그림을 그리고 있었다. 백 밤이 지나면 올 부모님을 기다리며, 그 보고픈 모습을 그리고 있었던 것이다.

아버지의 두꺼운 팔, 수염이 꺼끌꺼끌한 모습. 허름한 마의를 입었지만 그 누구보다 포근해 보이던 어머니.

그렇게 그리움을 달래고 있는데, 할아버지가 불쑥 나타났다. 호오, 하는 작은 탄성과 '좋은 그림이로다' 하고 칭찬하던 소리가 지금도 생생했다.

'정말로 좋은 그림이었나요, 할아버지?'

자명이 저도 모르게 키득키득 웃음을 터뜨렸다.

고작 해야 꼬마 아이가 그렸을 뿐인 그림이 뭐가 대단하다고 그렇게 연신 감탄을 하셨을까. 생각해 보면 할아버지도 실없는 데가 있었다.

자명의 웃음은 금방 사라졌다.

'모든 것이 그때와 똑같거늘…….'

달은 그때처럼 환하게 빛났고, 포근하게 선 나무 밑에는 그때처럼 그림이 그려져 있다. 하지만 할아버지는 없었다. 훌쩍 커버린 자신만이 홀로 남아 그리워하고 또 그리워할 뿐이었다. 문득 세상에 홀로 내팽개쳐진 기분이 들었다.

"좋은 그림이로군요."

그때, 자명의 귓가에 작은 목소리가 들려왔다. 할아버지가 처음으로 했던 말과 똑같은 말이었다.

자명은 천천히 고개를 들었다.

자명의 눈앞에는 남궁화란이 서 있었다.

“무슨 일이라도 있었습니까, 은인?”

자명의 눈에 눈물 한 방울이 고여 있는 것을 본 남궁화란이 걱정스럽게 물었다.

자명은 저도 모르게 웃음을 터뜨리고 말았다.

“하하하!”

세상에 홀로 내팽개쳐진 것은 아니었나 보다. 자신의 곁에는 한 명의 여인이 있으니 말이다.

자명은 따듯한 안도감을 느끼며 미소 지었다.

“아니, 아무 일도 없었어요.”

“정말이십니까?”

“그럼요. 정말이에요.”

자명이 따듯한 미소를 지으며 중얼거렸다.

2

한동안 자명을 이상하게 바라보던 남궁화란이 자명의 옆자리에 쪼그려 앉았다. 감히 은인을 내려다볼 수는 없었던 것이다.

그렇게 옆에 앉고 보니 마음 한구석이 불편했다. 차라리 앞에 앉을 것을, 옆에 나란히 앉으니 민망한 마음이 들었다.

남궁화란은 애써 표정을 관리하며 자명에게 말했다.

"세한도(歲寒圖)입니까?"

"예, 그렇습니다."

자명이 고개를 끄덕이고는 그림을 내려다보았다. 남궁화란도 그림으로 시선을 가져갔다. 그림을 살펴보던 남궁화란의 입에서 작은 감탄이 새어 나왔다.

"가히 신품이라 할 수 있겠습니다, 은인."

"그런가요?"

멋쩍은 얼굴로 중얼거린 자명이 이내 고개를 절레절레 저었다.

"사실, 예와 법에는 맞지 않는 그림입니다. 저절로 마음이 일어나 저도 모르게……."

자명의 얼굴이 이상하게 변해갔다. 마음이 저절로 일어났기에 그림을 그린 것은 분명한 사실이다. 하지만 자신이 왜 세한도를 그렸단 말인가!

세한도는 추운 겨울에도 꼿꼿이 서 있는 소나무로 선비의 기상을 알리는 그림이다. 선비의 기상은 추운 겨울과 같은 세파에도 결코 굴하지 않는 것이다.

'내가 세상을 이렇게 춥게 생각했던가?'

자명이 고개를 두어 번 끄덕였다. 아마 그랬던 것 같다. 세상은 웃음보다 눈물로 가득했고, 화평보다는 미움이 더 짙었다.

'그렇다면 나는 세상을 어떻게 대하고자 하는가?

자명이 겨울을 이겨내고 선 소나무를 물끄러미 내려다보았다. 눈을 맞으며 꼿꼿이 서 있는 선비와 나무를 번갈아 바라보던 자명이 눈을 지그시 감았다.

'내 마음이 이랬었구나.'

자명이 한숨을 길게 내쉬었다. 잠시 그렇게 무언가를 생각하던 자명이 이내 남궁화란을 돌아보았다.

여전히 그림을 내려다보는 화란 아가씨가 보였다.

그와 동시에 손에서 따스한 온기가 느껴졌다. 고개를 내려다보니 화란 아가씨의 손과 자신의 손이 맞닿아 있다. 자명이 민망한 얼굴로 고개를 들었다.

하지만 손을 치우지는 않았다.

"차라리 화폭에 그리시는 편이 나았을 것 같습니다, 은인. 바닥에 그려봐야 금세 사라지고 말 테니."

자명이 남궁화란을 흘끔거리며 중얼거렸다.

"어차피 세상천지에 영원한 것은 없는걸요."

"하오나……."

남궁화란이 무심한 얼굴로 반문할 때였다. 채화당의 정문에서 인기척이 느껴졌다. 누군가가 헛기침을 흠흠 내뱉는 소리도 들려왔다.

"험, 험. 계십니까?"

자명이 남궁화란을 흘끔 바라보고는 자리에서 일어나 채화당의 정문으로 다가가 문을 열었다. 문 뒤에는 염소수염을 한 도인(道人)이 서 있었다.

"어이쿠, 나오셨구먼. 이거, 밤늦게 미안하네. 내 사람을 찾아왔는데……."

염소수염의 도인은 반색하며 말하고는 기웃거리며 채화당 안쪽을 살폈다. 안쪽을 흘끔거리던 염소수염의 도인이 은근한 어조로 질문했다.

"이보게, 혹시 여기 묵월검랑께서 계시는가?"

자명의 얼굴이 기이하게 변했다. 염소수염의 도인이 찾는 사람은 다름 아닌 자신인데, 자기는 이 도인을 처음 보는 것이다.

"예, 그렇습니다만……."

"그렇군! 내 제대로 찾아온 게야! 이보게, 수고스럽겠지만 묵월검랑을 좀 불러주게. 전할 것이 있어 찾아왔다고 하면 알아들을 게야."

"전할 것이라니요?"

"허참, 젊은 친구가 눈치가 없군. 나는 자네가 아니라 무림의 영웅이신 묵월검랑을 찾는 걸세. 냉큼 가서 묵월검랑이나 불러오게나."

"저기, 찾으시는 사람이 저입니다만……."

자명이 민망한 얼굴로 입을 열었다. 묵월검랑이라는 외호를 얻은 지 벌써 오래거늘, 아무리 들어도 익숙해지지가 않는 것이다.

"응? 자네가?"

염소수염의 도인이 당혹스러운 얼굴로 자명을 바라보았다. 잠시 자명을 살펴보던 도인이 당황하여 허리를 굽혔다.

"어이쿠, 이거 죄송하외다. 당사자를 앞에 두고 알아보지 못했으니."

"무슨 일로 저를 찾으셨습니까?"

"소인의 이름은 황대건(黃大乾)이라 하는데, 신객(信客) 노릇으로 밥을 빌어먹는 자올시다. 무림맹의 신산자 제갈경께서 서신을 보내셨기로 이렇게 찾아왔지요."

황대건은 본래 점을 치며 세상을 떠돌던 자였는데, 거리가 멀어 왕래를 하지 못하는 사람들의 서신을 대신 옮겨주는 신객 노릇도 함께 하고 있었다.

"신산자께서?"

자명이 고개를 갸웃했다. 신산자 제갈경이라면 한 번 만나 본 적이 있었다. 파파와 함께 무림맹의 후원에 있는 그를 찾아가 그림을 그렸던 적이 있는 것이다.

그때, 남궁화란이 차갑게 중얼거렸다.

"이상한 일이로군요. 신산자께서는 무림맹의 군사라 할 수

있는 분이십니다. 필요하다면 무림맹의 무인을 부리면 될 터,
한낱 신객에게 서신을 맡길 리가 없습니다."

남궁화란에게서 한기가 뿜어져 나왔다.

황대건이 한차례 몸을 부르르 떨었다. 무학을 배운 적은 있
지만 삼류를 넘지 못하였는데, 오늘 이렇게 감당치 못할 큰
살기를 받게 된 것이다.

황대건이 용기를 내어 입을 열었다.

"그, 그것은 저도 이상하게 생각하던 차입니다. 하, 하지만
은자 서른 냥을 주신다는데 저 같은 사람이 거부할 수가 있어
야지요."

그 말에도 남궁화란의 시선은 조금도 변하지 않았다. 황대
건은 기껏 내었던 용기가 다시 사라지는 것을 느꼈다.

"저, 정말로 저는 아무것도 모릅니다요. 그저 소림에 있는
묵월검랑에게 서신을 전하라기에 소림사까지 갔다가 묵월검
랑께서 합비로 갔다는 말을 듣고 부리나케 합비로 달려온 죄
밖에 없습니다."

남궁화란의 표정이 조금 누그러졌다.

"화공의 행적은 소림사에서 알려준 것인가요?"

"그러믄요. 그렇지 않았다면 제가 어찌 알았겠습니까?"

남궁화란의 표정이 기이하게 변해갔다. 소림사에서 정체
도 모르는 자에게 화공의 행적을 알려줄 리가 없는 것이다.

"여기, 여기 전하라는 물건입니다요."

살기가 누그러들자 황대건이 재빨리 바랑을 뒤져 원통과 서신을 내밀었다. 자명이 그것을 받아 들자 황대건은 허리를 꾸벅 숙여 보이더니 재빨리 줄행랑을 쳤다.

자명은 황망히 달음박질치는 황대건을 바라보다가 너무했다는 듯 남궁화란에게 시선을 돌렸다. 남궁화란이 죄송하다는 듯 고개를 꾸벅 숙여 보였다.

자명은 한숨을 지그시 내쉬고는 원통과 서신을 물끄러미 내려다보았다. 자명은 원통을 바닥에 내려놓고는 '묵월검랑 친전(親展)'이라 적힌 봉투에서 서신을 꺼내 펼쳤다.

서신에는 그야말로 간단한 문구가 적혀 있었다.

비록 때는 늦었으나 자네가 그린 청성산수화(靑城山水畵)는 잘 도착했네. 자네의 노고를 익히 짐작하거니와, 또한 귀한 그림을 한 점 얻었기로 자네에게 예물로 보내네.

자명이 서신을 접어놓고는 바닥에 내려두었던 원통을 집어 뚜껑을 열었다. 안에는 족자가 한 폭 들어 있었다.

자명이 족자를 꺼내 펼쳐 들었다.

"으음."

자명이 신음성을 내뱉었다. 서신에는 귀한 그림이라 적혀 있었지만, 실제로 보니 그렇게 귀한 그림 같지가 않다. 고화(古畵)라고 보기엔 너무 최근에 그려진 그림이고, 신품으로 보기엔 재주가 모자란 그림이었다.

"무슨 그림인지요, 은인?"

"저도 잘 모르겠습니다."

자명이 남궁화란에게 족자를 건네었다.

남궁화란이 이상하다는 눈으로 자명을 흘끔 바라보고는 족자를 펼쳐 들었다.

그림에는 향나무가 가득 그려져 있었는데, 한 명의 나무꾼이 연신 향나무를 베어 넘기고 있었다. 나무꾼 옆에는 새참으로 먹다 남은 연근과 생선 두 마리가 놓여 있었다.

사당 옆에 있는 강가에는 어떤 사내가 갈대를 베어 넘기고 있었는데, 갈대가 무너지는 소리에 놀란 민물게 두 마리가 도망을 치고 있었다.

강 가운데에는 커다란 애벌레를 입에 문 백로가 한 마리 서 있었는데, 갈대를 베던 사내는 손가락으로 백로를 가리키고 있었다. 아니, 어쩌면 강 건너에 있는 작은 사당을 가리키고 있는 것일지도 모르겠다.

남궁화란이 미간을 좁혔다.

"권면도(勸勉圖)인가요?"

"아마 그런 듯합니다."

나무꾼도, 갈대를 베는 사내도 웃으며 일을 하고 있었으니, 힘써 일하기를 권하는 권면도일 가능성이 컸다.

"신산자께서 왜 제게 권면도를 보냈을까요?"

자명이 조그맣게 중얼거리며 고개를 갸웃했다. 혹시 무림의 일에 힘써 일하라는 뜻으로 보낸 그림일까?

'그럴 것 같지는 않은데.'

자명이 눈동자를 데굴데굴 굴렸다. 아무리 생각해도 이렇게 갑작스레 그림을 보낸 이유를 알 수가 없는 것이다. 어쩌면 정말로 그저 호의로 그림을 보낸 것일 수도 있었다.

남궁화란 역시 신산자의 의도를 알아내지 못했다. 한동안 그림을 바라보던 남궁화란이 나직하게 중얼거렸다.

"신산자께서 한낱 신객에게 서신을 맡긴 데에는 그만한 이유가 있을 것입니다. 이 그림에도 틀림없이 다른 뜻이 있겠지요. 괜찮으시다면 세가로 가져가 자세히 알아보고자 합니다."

자명이 고개를 두어 번 끄덕였다. 아무리 생각해도 답을 알 수 없으니 화란 아가씨의 말대로 하는 것이 순리일 터였다.

남궁화란은 주섬주섬 족자를 말아 원통에 넣고는 자명이 펼쳤던 서신까지 꼼꼼히 챙겼다.

그때, 자명이 딱딱하게 굳은 얼굴로 남궁화란을 불렀다.

"잠깐만요, 화란 아가씨."

"왜 그러십니까, 은인?"

"그림을 다시 한 번 봐야겠어요."

자명은 남궁화란에게 다가가 황급히 원통을 건네받은 다음, 족자를 꺼내 펼쳤다. '다른 뜻이 있을 것'이라는 말을 듣고 보니 불현듯 무언가가 생각난 것이다.

잠시 그림을 살펴보던 자명이 탄성처럼 중얼거렸다.

"독화(讀畵)……?"

"그게 무슨 소리입니까?"

남궁화란이 의아한 얼굴로 질문했다. 그림을 바라보던 자명이 남궁화란 쪽으로 시선을 돌렸다.

"화란 아가씨도 난초와 귀뚜라미가 함께 있는 그림을 본 적이 있을 것입니다. 사실 그러한 그림은 자연의 이치에는 맞지 않습니다. 난초는 봄에 꽃을 피우고 귀뚜라미는 가을에 우니, 같은 공간에 있을 리가 없지요."

남궁화란이 아무런 말 없이 고개를 끄덕였다.

자명이 다시 그림으로 시선을 옮겼다.

"그림에 그려지는 난초는 보통 손(蓀)이라는 종류인데, 자손을 뜻하는 손(孫)과 발음이 똑같지요. 귀뚜라미를 부르는 괵아(蟈兒)는 관아(官衙)와 발음이 비슷하니, 합치면 자손이 관아에 출사한다는 뜻이 됩니다."

남궁화란이 감탄을 터뜨렸다. 그림에 그런 뜻이 숨어 있는 줄은 미처 몰랐던 것이다. 자명이 계속해서 말을 이어나갔다.

"이처럼 그림은 보고 즐길 수도 있지만, 읽을 수도 있습니다. 이 그림 역시 마찬가지인 것 같습니다, 화란 아가씨."

"그게 무슨 소리입니까?"

자명이 손가락으로 나무꾼 옆에 놓인 새참, 연근과 생선 두 마리를 가리켰다.

"여기에 놓인 생선은 궐(鱖:쏘가리)입니다. 궐은 대궐을 뜻하는 궐(闕)과 발음이 같은 까닭에 절대로 두 마리를 그리지 않습니다. 대궐이 두 개라는 것은 곧 반역을 뜻하는 것이니까요. 하지만 여기에는……."

"두 마리가 그려져 있군요."

남궁화란이 심각한 목소리로 중얼거렸다.

조금 더 밝은 달빛 아래로 걸어간 자명이 그림을 바닥에 내려놓았다. 남궁화란이 다가와 자명과 함께 그림을 내려다보았다.

자명이 이번에는 갈대를 가리켰다.

"갈대와 게 두 마리를 그리는 것을 이갑전려도(二甲傳臚圖)라고 부릅니다. 게의 단단한 등껍질을 갑(甲)이라 부르는데, 이는 곧 급제를 뜻합니다. 갈대를 뜻하는 로(蘆)는 황상께서 하사하신 음식인 려(臚)와 발음이 비슷하니, 이갑전려도는 곧 급제하여 황상께서 하사하신 음식을 받는다는 뜻이 됩니다."

그러나 이것 역시 일반적인 이갑전려도는 아니었다. 게는 쏜살같이 도망을 치고 있고, 사내는 히죽히죽 웃으며 갈대를 베어 넘기고 있었던 것이다.

"갈대를 베는 것은 곧 황상께서 하사하신 음식을 거부한다는 뜻, 역시 절대로 해서는 아니 될 일입니다."

해서는 안 될 일은 그것뿐만이 아니었다. 향나무를 뜻하는 백(栢)은 곧 백수(百壽)를 뜻한다. 장수를 기원하는 의미인 것이다. 하지만 나무꾼은 향나무를 열심히 베어 넘기고 있었다. 목숨을 베어버린다는 섬뜩한 의미였다.

또 다른 의미도 있었다. 갈대를 베던 사내가 가리키는 새, 백로(白鷺)의 로는 길을 뜻하는 로(路)와 발음이 같다.

자명이 향나무를 베어 넘기는 나무꾼을 가리키며 말했다.

"근처에 꿩이 두 마리 그려져 있으니, 이 나무꾼은 반역, 혹은 그에 준하는 야심을 품고 있다고 볼 수 있습니다. 수많은 향나무를 베어 넘기고 있으니, 야심을 위해 많은 사람들을 죽이고 있다고 볼 수도 있겠지요."

남궁화란이 고개를 끄덕였다.

자명이 이번에는 갈대를 베는 사내를 가리켰다.

"이 사람이 갈대를 꺾는 것은 곧 황상께서 하사하신 음식을 거절한다는 의미입니다. 만약 이 사람이 충직한 사람이라면, 아마 야심을 가진 나무꾼이 주는 음식을 거절하는 것일 테지요. 그리고 백로를 가리키고 있는 것은, 어쩌면 제게 길을 떠나라고 권하는 것일지도 모릅니다."

자명이 눈을 지그시 감았다. 한동안 그림 속의 나무꾼을 바라보던 남궁화란이 질문을 던졌다.

"그렇다면, 이 나무꾼은 도대체 누구지요? 또 갈대를 꺾는 사람은 어디로 가라고 권하는 것일까요?"

"그것은 저도 모르겠습니다."

자명이 이마를 한차례 어루만지며 말했다. 남궁화란이 나무꾼 옆에 놓인 새참을 가리켰다.

"두 마리의 궐 옆에는 연근이 놓여 있습니다. 이것은 무슨 의미인지요?"

"연꽃의 연(蓮)은 이어진다는 뜻의 연(聯)과 발음이 같습니다. 살아 있는 연꽃[生蓮]을 그린다는 것은 곧 생명이 이어진다[生聯]는 뜻, 바로 자손을 뜻하는 것이지요. 하지만 이렇게 연근만 따로 그릴 경우에는 형제들의 우애가 두텁다는 뜻이 됩니다."

그러나 우애가 깊은 형제와 야심은 도저히 연결이 되지 않는다. 자명은 연신 머리를 굴려보았지만 도무지 답을 알 수 없었다. 그때, 남궁화란이 신음을 내뱉었다.

"설마……."

"짐작 가시는 바가 있습니까?"

남궁화란이 연근을 뚫어져라 내려다보았다. 한참 동안 말이 없던 남궁화란이 잠시 뒤, 나직한 목소리로 입을 열었다.

"사해는 모두 동도, 무림에 든 이는 모두 형제라고 말하는 사람이 있습니다."

"그게 누구입니까?"

"무극신검 엄세진."

남궁화란이 신음처럼 중얼거리며 눈을 지그시 감았다. 그림에 숨은 의미를 정리해 보면, 맹주가 야심을 품고 수많은 사람들을 죽이고 있다는 뜻이 된다.

그렇다면 갈대를 베는 사람은 곧 신산자 제갈경일 터였다. 제갈경은 무림맹주 엄세진이 주는 음식을 거절하고 자명에게 어딘가로 떠나리 권하는 것이다.

"맹주에게 야심이 있다고요?"

남궁화란이 고개를 끄덕였다.

"연근의 의미가 형제간의 우애를 뜻한다면, 지금 당장은 맹주밖에 떠오르는 사람이 없습니다. 실제로 맹주에게는 이상한 점이 있지요."

자명이 의아한 얼굴로 남궁화란을 바라보았다. 남궁화란이 조그맣게 중얼거렸다.

"여력이 있음에도 무림맹이 움직이지 않는 경우가 있습니다. 남궁세가 역시 지원을 받지 못했지요. 여태 다른 이유가 있는 줄 알았는데, 만약 그게 아니라면······.”

자명이 심각한 얼굴로 다시금 그림을 바라보았다. 남궁화란 역시 그것은 마찬가지였다. 아직 한 가지 수수께끼, 어디로 가라 권하는 것인지에 대한 답이 나오지 않은 것이다. 샛별이 떠오를 때까지 두 남녀는 하염없이 그림만을 바라볼 뿐이었다.

그렇게 얼마가 지났을까.

자명의 시선이 문득 그림 속 작은 사당으로 향했다. 자명의 눈에 이채가 떠올랐다. 본래 그림 속에 문을 그릴 때에는 결코 닫힌 모습을 그리지 않는다. 닫혔다는 뜻의 암(闇)과 어둡다는 뜻의 암(暗)이 발음이 같기 때문이다.

암천을 떠올리자 문득 호수에서 만났던 중년인이 떠올랐다. 자명은 그제야 무언가를 짐작해 냈다.

흔들리는 시선으로 그림을 바라보던 자명이 손가락을 뻗어 사당의 닫힌 문을 가리켰다.

“암천(暗天).”

자명의 손가락이 주르르 움직여 백로에게로 향했다.

“길(路).”

남궁화란이 자명의 손가락을 따라 백로에게로 시선을 옮겼다. 자명의 손가락은 백로의 부리를 가리키고 있었다. 백로의 부리에는 커다란 애벌레가 꿈틀대고 있었다.

남궁화란이 미간을 좁혔다. 애벌레를 부르는 다른 글자가
하나 떠오른 것이다.

자명이 조그맣게 속삭였다.

"애벌레[蜀]."

비록 잘 쓰이진 않지만, 나비 애벌레를 달리 촉이라 부르기
도 한다. 잘 쓰이지 않는 이유는 그것이 유비의 나라 이름이
었기 때문이다.

'사천(四川).'

자명이 눈을 지그시 감았다. 문득 문무쌍성께 들었던 이야
기가 떠올랐다.

'무림맹은 사천을 제외한 대부분의 지역에서 승리를 거두
고 있다고 했었지.'

만약 맹주가 야심을 품은 것이라면, 어쩌면 사천에서만 패
배를 거듭하는 데에는 숨겨진 이유가 있을지도 모른다.

조용히 서 있던 남궁화란이 입을 열었다.

"그래서 신산자 제갈경께서 신객을 보내신 것이로군요."

만약 신산자 제갈경이 맹주를 반대하는 입장이라면 무림
맹의 무인을 부리지 못한 것은 당연한 일이라 할 수 있었다.
맹주의 눈을 피해야 하는데 어찌 무림맹의 무인을 부릴 수 있
겠는가!

"그리고 은인께 이러한 그림을 보낸 것은……."

"제가 화공이기 때문이겠지요."

화공이 아니라면 그림 속에 숨겨진 의미를 알아차리지 못할 터였다. 자명이 아랫입술을 질끈 깨물고는 중얼거렸다.

"사천으로 가봐야겠어요."

"제가 호종하겠습니다, 은인."

남궁화란이 무심한 얼굴로 중얼거렸다.

"아니 됩니다, 화란 아가씨. 어쩌면 위험할지도 몰라요."

자명이 고개를 절레절레 저었다. 사천에서 무슨 일이 벌어질지 모른다. 화란 아가씨가 또다시 위험에 처할지도 모르는 것이다. 다시는 그러한 광경을 보기 싫었다.

"저는 규중의 여인인 동시에 강호의 여인입니다. 은인을 쫓지 않더라도 위험은 항상 제 곁에 있습니다. 제가 호종하겠습니다, 은인."

"아니 된다고 말씀드렸잖아요, 화란 아가씨."

"거절하시더라도 쫓겠습니다."

"화란 아가씨!"

자명이 화가 난 얼굴로 남궁화란을 돌아보았다. 남궁화란이 얼음처럼 무심한 얼굴로 자명을 바라보았다.

평소와 같은 얼굴이었으나 자명은 그 속에 다른 감정이 배어 있다는 것을 알 수 있었다. 화란 아가씨의 얼굴은 조금이나마 붉게 달아올라 있었고, 그 눈에는 눈물이 조금 맺혀 있었던 것이다.

"그래도… 그래도 호종하겠습니다."

그 말이 왜 애절하게 들릴까? 자명은 그 이유를 알지 못했다. 자명은 부디 허락해 달라는 듯이 자신을 바라보는 남궁화란의 시선을 피해 눈을 지그시 감아버렸다.

"남궁세가의 도움은 받지 않을 것입니다."

"괜찮습니다."

"제 사정이 빈한하니, 편히 여행할 수도 없을 것입니다."

"괜찮습니다."

자명이 아랫입술을 질끈 깨물었다. 어떻게 말해도 화란 아가씨의 마음은 바뀌지가 않는 것이다. 잠시 그대로 서 있던 자명이 힘이 몽땅 빠진 사람처럼 어깨를 늘어뜨렸다.

"화란 아가씨는 바보예요."

남궁화란이 안도한 듯 눈을 지그시 감았다. 자명은 울적한 얼굴로 그녀를 바라보고는 하늘로 시선을 돌렸다.

어느새 동이 터 오르고 있었다.

第八章

저잣거리 화공

화공도담

書工
道談

화공도담

1

　그로부터 며칠 뒤, 자명은 조용히 채화당을 떠났다. 다른 사람들을 보면 미련이 남을까 두려워 자명은 곽주 화백과 상준백 사부님께만 이별을 고했다.

　자명이 떠난 후에 그가 그린 한 폭의 복수쌍전도(福壽雙全圖)가 발견되었는데, 채화당의 누구 하나 감탄하지 않는 사람이 없었다. 다만 상준백만은 감탄을 토해내면서도 헛웃음을 머금었다. 법식을 따지는 채화당에서 민화를 그렸으니, 웃지 않을 수가 없었던 것이다.

　채화당을 떠난 자명은 남궁세가에 들러 사천으로 떠나게

되었음을 고했다. 남궁세가의 가주가 몇 명의 인원을 보내 봉
행토록 하겠다고 청했지만, 자명은 그것을 거절했다. 멸문의
위기를 겨우 면한 남궁세가에 부담을 지우기는 싫었던 것이
다.

자명은 남궁화란마저 떼어놓으려 했지만 남궁화란은 끝까
지 호종하겠다며 자명을 쫓았다. 결국 자명은 남궁화란과 함
께 사천으로 떠날 수밖에 없었다.

합비를 떠난 지 한 달 후, 자명과 남궁화란은 무한 삼진 부
근에 도착해 있었다. 관도를 걷던 자명이 걱정스레 남궁화란
을 바라보았다.

"피곤하진 않으세요, 화란 아가씨?"

"저는 괜찮습니다."

오래 여행을 해왔던 자명만큼이나 남궁화란의 모습도 편
해 보였다. 비록 남궁세가라는 명문에서 자랐지만 남궁화란
역시 강호인, 여행의 어려움은 일상이었던 것이다.

자명이 바랑을 추스르며 말했다.

"조금만 더 가면 무한 삼진이 보일 겁니다. 거기서 하루 묵
어요, 우리."

"예, 은인."

자명처럼 등에 바랑을 진 남궁화란이 대답했다. 양민들이
패검한 남궁화란을 두려워한 까닭에 그녀의 검 역시 천에 둘

둘 말려 있었다.

"무한 삼진에서부터는 배를 얻어 탈 계획이니, 조금만 더 고생하면 될 거예요."

자명은 남궁화란에게 미소를 지어 보이고는 다시 걸음을 옮겼다. 새벽녘부터 길을 청한 덕택에 정오가 되기 전에 무한 삼진에 도착할 수 있을 것 같았다.

그렇게 두 시진을 걷다 보니 어느새 주위가 사람들로 가득하다. 무한 삼진은 본래 문물의 교류가 활발한 곳으로, 오가는 사람이 결코 적지 않았던 것이다. 관인에게 노인(路引)을 보여준 자명과 남궁화란은 마침내 무한 삼진에 들어섰다.

자명과 남궁화란은 곧바로 저잣거리로 향했다. 저잣거리를 둘러보넌 남궁화란이 북풍객잔(北風客棧)이라는 건물을 가리키며 말했다.

"저기쯤이 어떨까요, 은인?"

"괜찮을 것 같습니다."

자명이 고개를 끄덕이고는 벽면에 다가가 자리를 잡았다. 면포를 꺼내 펼친 자명은 미리 구해둔 나무판을 깔고, 그 위에 화선지와 벼루 등을 올려놓았다.

자명은 저잣거리 화공 노릇으로 여비를 벌고자 했던 것이다. 남궁화란에게 세가에서 챙겨온 재물이 있긴 했지만, 여정이 얼마나 길어질지 모르니 함부로 쓸 수는 없는 노릇이었다.

자리에 앉은 자명이 미안한 듯 남궁화란을 바라보았다.

"많이 힘들지요, 화란 아가씨?"

"저는 괜찮습니다, 은인."

남궁화란이 나직한 목소리로 대답했다.

사실 강호의 동도들이 본다면 하나같이 놀라고 말 일이었다. 강호의 무가 중에서도 명가(名家)인 남궁세가의 장녀가 저잣거리에 앉아 손님이 오기를 기다리고 있는 것이다.

하지만 남궁화란은 싫은 내색을 하는 대신 평소 잘 짓지 않던 미소까지 지어 화공을 안심시키려 했다.

준비를 마친 자명과 남궁화란은 오도카니 앉아서 저잣거리를 오가는 사람들을 구경했다.

저잣거리를 지나던 사람들은 처음에는 관심을 가졌다가 이내 고개를 돌려 버리고 말았다. 살기도 팍팍한데 그림을 살 여유는 없었던 것이다.

자명은 눈을 지그시 감고 생각에 빠져들었다. 자명의 머릿속에 떠오른 생각은, 엉뚱하게도 혜운에 대한 것이었다.

'혜운 소저는 나를 좋아한다고 했었지.'

그에 대한 대답은 결국 하지 못했다. 혜운 소저는 인사도 없이 남궁세가를 떠나 버렸던 것이다.

'내 마음은 어떨까?'

혜운 소저를 싫어하는 것은 아니었다. 아니, 오히려 좋아한

다 말할 수 있었다. 하지만 그것이 혜운 소저와 같은 마음인
지는 모르겠다.

자명의 시선이 문득 남궁화란에게 향했다. 무릎을 모으고
손을 올린 화란 아가씨가 무심한 얼굴로 저잣거리를 구경하
고 있었다.

'어쩌면 나는……'

자명이 황급히 하늘을 올려다보았다. 생각을 하다 보니 얼
굴이 화끈거리는 것이다. 혹여 화란 아가씨에게 표정을 들킬
까 두려웠다.

한편, 남궁화란은 남궁화란대로 생각에 빠져 있었다.

'나는 아무것도 하는 일이 없구나.'

화공은 그림을 그려 여비를 버는데 자신은 아무것도 하는
일이 없는 것 같았다. 자신이 한 일이라고는 화공의 옷을 손
질하거나 씻을 물 정도를 대신 준비하는 것뿐이었다.

사실, 그나마도 잘하진 못했다. 남궁화란의 손끝은 며칠
전, 여행 중에 찢어진 화공의 옷을 꿰매주려다 생긴 상처로
가득했던 것이다.

'바느질이라도 배워둘 것을.'

남궁화란이 울적한 얼굴로 손끝을 내려다보았다. 그리고
는 혹여 화공이 볼까 부끄러웠는지 재빨리 손끝을 숨겼다.

한동안 하늘만 바라보고 있던 자명이 걱정스러운 얼굴로

수통을 꺼내었다.

"그림이라도 한 점 그려두는 것이 좋겠어요. 혹시 그러면 손님이 들지도 몰라요."

묵월검랑이라는 외호만 밝히면 일이 편해지겠지만, 지금은 함부로 그럴 수가 없었다. 외호를 밝히면 부끄러울 정도로 문인들이 모여드니, 틀림없이 암천의 이목을 끌게 될 터였다.

벼루에 달이 담긴 물을 부은 자명이 먹을 갈기 시작했다. 평소에는 먹을 갈 때마다 마음이 편해지고는 했었는데, 지금은 어쩐 일인지 집중이 되지 않았다.

한참을 걸려 먹을 다 간 자명이 눈을 지그시 감았다.

'어떤 그림이 좋을까?'

막상 그림을 그리려니 막막하기만 하다. 예전에는 어쨌는지 모르지만, 지금은 마음이 일어나지 않는 한 그림을 그릴 수 없었던 것이다.

경영하필(經營下筆)이라, 무릇 그림을 그리기 전에는 그 구상이 먼저 이루어져야 한다.

자명은 조용히 자신 안으로 침잠해 들어갔다.

'어약용문도(魚躍龍門圖)를 조금 바꿔서 그려볼까.'

이응전(李膺傳)의 주해(註解)에 따르면, 황하(黃河) 상류에는 용문이라는 계곡이 있다고 한다. 그 근처에 큰 고기들이 수없이 모여드는 흐름이 매우 빠른 폭포가 있는데, 거슬러 오르기만 하면 용이 될 수 있다는 것이다.

어약용문도는 등용문(登龍門)의 고사를 따라 튀어 오르는 잉어를 그림으로써 입신양명(立身揚名)을 기원하는 그림이었다.

'동자의 형상도 괜찮겠구나.'

자명은 문득 잉어를 안은 복스러운 사내아이의 형상을 떠올렸다. 자명이 부드러운 미소를 머금었다.

'언젠가 보았던, 화려해서 오히려 소박하게 느껴지던 민화처럼……'

마침내 자명의 붓이 움직였다.

묘법이라 할 것도 없이 대수롭지 않게 벅벅 그어나가는데, 자명의 손이 빠르기 짝이 없다. 그저 몇 수만에 동글동글한 아이의 머리가 나타났고, 투실투실 살이 찐 귀여운 손이 나타났다.

손이 안고 있는 잉어 역시 마찬가지였다. 원을 그리듯 붓을 회전하는데, 순식간에 잉어의 비늘이 모습을 드러낸다.

그저 마음이 가는 대로 붓이 갔고, 붓이 가는 대로 마음이 일어났던 것이다.

그사이, 남궁화란은 화공이 꺼내둔 안료를 개기 시작했다. 할 수 있는 일이 아무것도 없으니 수종(隨從)이라도 해야겠다고 생각한 까닭이었다.

붉은 안료를 갠 남궁화란은 황석(黃石) 가루에 밀타승(密陀僧)을 섞어 만든 노란색 안료 역시 개어두었다.

분본(粉本:밑그림)을 마친 자명이 고개를 들었다. 잘 개어진 안료를 물끄러미 바라보던 자명이 이내 미소를 지었다.

"색이 잘 나왔어요, 화란 아가씨."

"…예, 은인."

남궁화란의 얼굴이 붉게 물들었다. 고작 안료를 갠 것뿐인데 가슴 한구석이 뿌듯하고 스스로가 대견했다. 화공의 칭찬한마디에 까닭 모를 기쁨이 가득 차오르는 것이다.

남궁화란이 부끄러운 얼굴로 고개를 숙였다.

그렇게 채색필(彩色筆)에 안료를 묻힌 자명이 색을 칠해 나갈 때였다. 누군가가 자명과 남궁화란 앞으로 다가왔다.

"허! 미색을 보아하니 이런 곳에 있을 여인이 아니로구나. 그대의 이름이 무엇인가?"

남궁화란이 고개를 들어 앞에 선 청년을 바라보았다. 화려한 수가 놓아진 비단 장포를 입은 청년이었다.

"본인은 만보장(萬寶莊)의 장자인 윤승옥(尹昇玉)이라 한다. 해를 끼치지는 않을 테니 그리 경계할 것 없다. 옆의 저자가 네 부군 되느냐?"

"화사(畵事)가 진행 중이니 비켜주셨으면 합니다."

"허어, 부군 되느냐고 묻질 않던?"

"…그것은 아닙니다."

윤승옥이라는 청년이 음흉한 미소를 지었다. 여인의 미색을 보고 절로 음심이 동했던 것이다.

'저 말은 곧 임자가 없단 뜻이렷다?'

윤승옥이 어깨를 펴고는 눈을 지그시 감았다.

"너도 만보장의 이름은 들어보았을 게다. 아까도 말했듯 나는 만보장의 장자로, 결코 악한 사람이 아니니라. 그러니 너는……."

"화사가 진행 중이라고 했을 텐데요."

남궁화란이 윤승옥의 말을 끊고 중얼거렸다.

"허어, 이년이 지금 얼마나 큰 복이 굴러온 줄도 모르고!"

윤승옥 옆에 있던 하인이 크게 소리를 질렀다. 윤승옥이 거드름을 피우며 뒷짐을 지자 하인이 음흉하게 웃으며 말했다.

"걱정하지 마라, 네게 나쁜 일은 없을… 으헉?"

하인은 갑자기 몸이 뻣뻣하게 굳는 것을 느꼈다. 남궁화란이 자명의 붓을 정리하는 체하며 털을 몇 가닥 뽑아 날린 것이다.

윤승옥이 이상하다는 눈으로 하인을 바라보았다. 저놈이 겁을 주고 나면 짐짓 인자한 척 여인을 안심시켜 줄 요량이었는데, 갑자기 하인이 말이 없다.

그때, 윤승옥의 귓가에 싸늘한 목소리가 들려왔다.

[비켜 달라는 말을 듣지 못했나요?]

"헉!"

윤승옥이 화들짝 놀라 비명을 질렀다. 방금 귓가에 들린 소리는 고수가 아니면 펼칠 수 없다는 전음이 아닌가!

남궁화란이 싸늘한 얼굴로 입술을 달싹였다.

[더 이상 이분을 방해한다면 몸 성히 돌아갈 생각은 버리는 것이 좋을 거예요.]

전음뿐 아니라 옅은 살기까지 느껴진다. 남궁화란이 기운을 발출하여 윤승옥을 겁준 것이다.

윤승옥이 몸을 부르르 떨고는 재빨리 몸을 돌렸다.

"도, 돌아간다! 어, 어서 돌아가!"

윤승옥이 하인들을 두들기며 외쳤다. 하지만 남궁화란이 쏘아 보낸 붓털에 점혈당한 하인은 움직일 생각을 하지 않았다. 윤승옥이 두려운 눈으로 흘끔 남궁화란을 돌아보았다.

남궁화란이 손가락을 튕기자 하인이 털썩 쓰러졌다.

"어, 어서 이놈을 업지 않고 무얼 하느냐?"

윤승옥이 다시금 하인들을 재촉했다. 다른 하인들이 점혈을 당했던 사내를 수습하자 윤승옥은 겁에 질린 얼굴로 줄행랑을 쳤다.

남궁화란은 무심한 얼굴로 그들에게서 시선을 돌렸다. 그러자 자명이 노란색 안료로 잉어를 칠한 후, 드문드문 붉은 점을 찍고 있었다.

잠시 뒤, 붉은 점을 모두 찍은 자명이 길게 숨을 토해냈다. 처음으로 제대로 된 민화를 그려낸 기분이었다. 과거에 그렸던 민화와 그 정서만큼은 동일했으나 구상이나 세부적인 기법에서는 민화보다 더욱 민화스러운 데가 있었던 것이다.

"어떤가요, 화란 아가씨?"

"좋은 그림입니다."

남궁화란이 부드러운 미소를 지어 보였다.

본래 잘 웃지 않던 남궁화란의 얼굴에 미소가 떠오르자 자명이 의아한 표정을 지었다.

"무슨 일 있었나요?"

"아무 일도 없었습니다, 은인."

자명이 남궁화란에게서 시선을 떼어 주위를 둘러보았다. 사람들이 이상하다는 시선으로 자신과 화란 아가씨를 바라보고 있었다. 자명이 고개를 한차례 갸웃했다.

"정말로 아무 일도 없었나요?"

"예, 은인."

남궁화란이 대답했다. 이상한 눈으로 그녀를 바라보던 자명이 어쩔 수 없다는 듯 고개를 돌리고는 손님을 기다렸다.

하지만 오후가 되어도 손님이 오질 않는다. 남궁화란을 수상쩍게 여긴 사람들이 그림을 살 리가 없는 것이다.

자명은 그림을 잘 보이는 곳에 놓아두고 또 다른 그림을 그리는 체하며 하염없이 붓만 어루만졌다.

오후 늦게야 한 명의 중년 사내가 자명의 어약용문도, 아니, 어약동자도(魚躍童子圖)를 보고 발걸음을 멈추었다.

저잣거리에 갓 도착한 탓에 남궁화란이 무슨 짓을 했는지 보지 못했던 사내가 자명의 앞에 쪼그려 앉았다.

"기가 막힌 그림이로군! 여보오, 화공. 이 그림은 팔려고 내어놓은 것인가?"

"예, 그렇습니다."

"그렇다면 내게 팔게. 얼마면 되겠는가?"

"구리 돈 오십 문이면 족합니다."

자명이 기쁜 얼굴로 환하게 웃으며 대답했다.

중년 사내가 이상하다는 듯 자명을 바라보았다.

"그림은 제법 비싼 물건으로 알고 있는데, 그 정도로 이문이 남겠나?"

"이문이 남으니, 염려하지 마세요."

천하의 묵월검랑의 그림인데 설마하니 구리 돈 몇 문으로 이문이 남겠는가! 만약 자명이 이문을 남기고자 했다면 이보다 수십 배는 더 벌 수 있었을 것이다.

하지만 중년 사내는 그러한 사실을 미처 몰랐다. 그는 흡족하게 웃으며 소매 춤에서 구리 돈을 꺼내었다.

"값이 싸다면 나야 좋은 일이지. 정말로 좋은 그림이로군. 딸만 내리 셋을 낳은 내게는 더더욱 그래."

"감사합니다!"

자명이 꾸벅 고개를 숙여 보였다. 그림을 두르르 말아 챙긴 중년 사내가 자명과 남궁화란을 번갈아 바라보았다.

"그런데, 옆에 있는 아가씨는 내자(內子) 되는가?"

"저, 저기. 그것이……."

자명이 당황하여 허둥지둥 남궁화란을 돌아보았다. 애써 무심한 척 표정을 관리했지만, 남궁화란의 얼굴도 붉게 달아 올라 있었다.

"하하하! 좋을 때로구먼. 내게도 그럴 때가 있었지."

너털웃음을 터뜨리던 중년 사내가 대뜸 자명의 손을 턱하니 잡더니, 곧바로 남궁화란의 손 위에 얹었다.

"잘들 사시게. 부군 되는 분의 재주가 묵월검랑이라는 사람 못지않게 뛰어나니, 큰 염려 하지 않아도 다 잘될 걸세."

짤막한 축원의 말을 남긴 중년 사내가 영차, 하고 자리에서 일어나 저잣거리로 사라졌다.

자명과 남궁화란은 서로를 바라보며 웃음을 터뜨렸다. 자명 본인이 묵월검랑인데 그 못지않게 뛰어나다니, 우스울 법도 한 것이다. 그렇게 이들 두 남녀는 서로가 손을 잡고 있다는 것도 의식하지 못한 채 한동안 키득거렸다.

잠시 뒤, 자명이 조그마한 목소리로 입을 열었다.

"이 돈으로 배를 타요, 화란 아가씨."

"예, 은인."

남궁화란이 조그맣게 대답했다.

두 남녀 위로 따듯한 노을이 지고 있었다.

2

자명과 남궁화란은 무한 삼진에서 의창으로 가는 배를 얻어 탔다. 남은 선실이 하나밖에 없었지만, 마음이 다급하여 기다릴 여유가 없었던 것이다. 여러 사람이 묵는 선실인지라 침상이 따로 있었다는 것이 그나마 다행이라면 다행인 점이었다.

남궁화란은 자명이 번 돈을 몰래 숨겨두고는 자신이 지닌 여비로 뱃삯을 지불했다. 화공이 번 돈이 소중하게 느껴져 쓸 수가 없었던 까닭이다.

시간은 고요히 흘렀고, 배는 평화롭게 의창으로 나아갔다. 지강(枝江)에서 한 무리의 보부상이 탄 것 외에는 특별할 것도 없는 여정이었다. 흔들리는 선실 안에서 남궁화란은 바느질을 연습했다. 무한 삼진에서 끊어놓은 한 필의 포목에 열심히 바늘을 놀리는 것이다.

'잘 안 되는구나.'

남궁화란이 울적한 얼굴로 손에 놓인 족의(足衣:버선)를 내려다보았다. 면포로 본을 뜨고, 그것을 잘라 붙여 만든 족의였다. 본래 화공의 학사의를 한 벌 만들어볼까 했는데, 자신의 모자란 바느질로는 언감생심 꿈도 못 꿀 이야기였다.

'근 달포를 고생했거늘.'

남궁화란이 손가락으로 족의를 한차례 어루만졌다. 이번엔 그녀의 시선이 족의의 한쪽 구석으로 향했다.

'수를 놓은 것도 엉망이고.'

족의에 작은 새를 한 마리 수놓아보았는데, 삐뚤빼뚤 엉망이었다. 아무리 연습 삼아 해본 것에 불과하다지만, 이런 재주로는 누구에게 보일 수조차 없을 것 같았다.

그런 남궁화란을 구경하던 자명이 조그맣게 중얼거렸다.

"알고 보니 화란 아가씨의 솜씨가 몹시 뛰어나군요. 수놓은 것이 제법 아름답습니다."

"…예?"

남궁화란이 당혹스러운 표정을 지으며 만들고 있던 족의를 손으로 덮었다. 하지만 이미 다 본 것을 숨겨봐야 무얼 한단 말인가! 남궁화란은 민망한 얼굴로 최대한 자연스러운 척 손을 치웠다.

"부족한 솜씨입니다, 은인. 제가 미련하여 미처 수를 배우지 못하였기에……."

자명이 위로를 한다고 생각한 남궁화란이 민망한 얼굴로 말했다. 스스로 부족함을 아는데 어찌 솜씨가 뛰어나다 할 수 있겠는가!

"하지만 정말로 좋은데요."

자명이 머쓱한 얼굴로 중얼거리고는 족의를 가리키며 다시금 입을 열었다.

"서화에는 전신사조(傳神寫照)나 기운생동(氣韻生動)이라는 말이 있습니다. 기예보다는 그 속에 배인 기운과 정신을 더욱 중요시 여기는 것이지요."

"저도 들어본 적이 있습니다."

"마음이 없고 기예만 있는 그림이라면 아무리 뛰어나더라도 하품의 것이지만, 기예가 부족하더라도 마음이 있으면 아무리 부족하더라도 신품이라 할 수 있습니다. 기법은 부족할지 모르지만 화란 아가씨가 놓은 수는 아름답습니다. 따뜻한 마음이 담겨 있으니 능히 그렇게 말할 수 있지요."

자명이 미소를 지어 보였다.

남궁화란의 얼굴이 붉게 달아올랐다.

'마음이 담겨 있다고?

수를 놓을 때에 자신이 누구를 생각했던가. 아니, 자신이 누구의 족의를 만들었던가.

족의를 쥔 남궁화란의 손에 힘이 들어갔다.

자명은 선실 밖으로 난 작은 창으로 시선을 돌렸다. 화사한 햇살이 창 안으로 쏟아져 들어오고 있었다.

"날이 좋으니 밖을 구경해요, 화란 아가씨."

자명이 멋쩍은 얼굴로 조그맣게 중얼거렸다.

"그간 배를 탄 적이 적지 않은데, 제대로 강물을 구경한 적이 없어요. 일부러 유람을 나오는 사람도 있다던데……."

애써 표정을 관리한 남궁화란이 겨우 고개를 끄덕였다. 자명이 선실 밖으로 나서자 그녀가 뒤를 쫓았다.

선실 밖은 화창했다. 햇살이 물결에 부서지는 모습이 그 어느 때보다 평화롭게 느껴지는 오후였다.

남궁화란은 강물을 보는 체하며 자명을 흘끔거렸다. 화공은 난간에 손을 얹고는 부드러운 미소를 짓고 있었다.

남궁화란도 자명을 따라 강물로 시선을 돌렸다.

"하아—"

문득 한숨이 터져 나온다. 조금 전 부끄러운 솜씨를 보인 것이 아직도 민망했다.

생각해 보면 족의를 만든 것도 부끄럽긴 마찬가지다. 부부가 아닌 한 족의를 만들어주는 경우는 거의 없는 것이다.

그녀는 고개를 절레절레 저어 상념을 떨쳐 버렸다. 애써 머리를 비우자 이번에는 다른 생각이 차오른다.

남궁화란이 어두운 얼굴로 고개를 숙였다.

'세가는 괜찮을지 모르겠구나.'

아버님이 칩거해 계실 때는 남궁화란이 세가를 다스리고 있었다. 소가주인 동생이 어렸으니 어쩔 수 없는 일이었다.

이제는 아버님께서 돌아오셨으니 그녀는 일부러라도 자리를 피해주어야 했다. 그것은 멸문의 위기를 갓 벗어난 지금도 마찬가지였다.

그러나 걱정만은 도저히 버릴 수가 없었다. 남궁화란은 이내 세가에 대한 상념에 빠져들었다.

그렇게 얼마가 지났을까.

한참 동안 강물을 구경하던 자명이 문득 이상한 표정으로 주위를 둘러보았다. 사방이 고요해도 너무 고요하다. 배에 탄 사람의 수가 결코 적지 않거늘, 인기척이라고는 하나도 느껴지지 않는 것이다.

자명이 어두운 얼굴로 남궁화란을 불렀다.

"화란 아가씨."

"왜 그러십니까, 은인?"

"너무 조용하지 않나요?"

남궁화란이 차가운 표정으로 청력을 돋웠다. 그녀의 청각이 주변의 소리들을 하나하나 훑기 시작했다.

물이 흐르는 소리, 이름 모를 새가 우는 소리는 들려오는데 인기척이라고는 하나도 없다. 심지어 숨 쉬는 소리마저 들리지 않을 정도였다.

남궁화란의 얼굴이 어둡게 바뀌었다.

"은인의 말씀이 옳습니다. 미리 짐을 챙겨두는 것이 좋겠군요."

남궁화란이 선실 쪽으로 다가갈 때였다. 자명이 갑자기 남궁화란의 팔을 낚아채 품 안으로 잡아당겼다.

"조심해요, 화란 아가씨!"

파삭!

선실의 벽을 뚫고 검이 튀어나왔다. 튀어 오른 나무 파편을 바라보던 남궁화란이 놀란 표정을 지었다.

"살수(殺手)?"

"기, 기척이 다시 사라졌어요."

자명이 조그맣게 중얼거렸다. 남궁화란이 차가운 표정을 지으며 내공을 끌어올리고는 재빨리 선실의 벽을 후려쳤다. 콰앙! 소리와 함께 선실 벽에 커다란 구멍이 뚫렸다.

남궁화란은 튀어나온 나무 파편을 한 조각 쥐고는 자신의 짐으로 집어 던졌다. 나무 파편에 적중당한 그녀의 검이 허공으로 튕겨 오르자 남궁화란이 재빨리 선실로 뛰어들어 검을 잡았다.

그와 동시에 선실의 벽을 뚫고 세 개의 검이 튀어나왔다.

"화란 아가씨!"

자명이 소리를 지름과 동시에 쇠가 부딪치는 날카로운 소리가 들려왔다. 남궁화란이 검을 세 차례 휘둘러 살수의 검을 튕겨낸 것이다.

남궁화란이 싸늘하게 중얼거렸다.

"도대체 누가……."

남궁화란이 말을 하다 말고 아랫입술을 질끈 깨물었다. 이미 상대의 정체를 알고 있는 것이나 마찬가지였던 것이다.

'내가 멍청한 생각을 했구나.'

남궁화란이 차가운 얼굴로 자명의 바랑을 집어 던졌다. 자명이 재빨리 그것을 받아 들었다. 남궁화란은 자신의 짐은 그대로 내버려 둔 채 경공을 펼쳐 자명에게로 되돌아왔다.

"꼬리가 붙었나 봅니다, 은인. 경계하십시오."

남궁화란의 말대로였다. 자명과 남궁화란은 몰랐지만, 암천은 꾸준히 그들을 추적하고 있었던 것이다. 자명이 그간 정체를 감추고 저잣거리 화공 노릇을 하며 지내왔기에 망정이지, 아니었다면 훨씬 이전에 그들과 마주쳤으리라.

재빨리 바랑을 메어 든 자명이 무심한 시선으로 선실 주위를 둘러보았다. 과거, 화무백의 기령환술까지 꿰뚫어 보던 자명의 신안(神眼)이었기에 한낱 살수의 기척을 읽지 못할 리가 없었다.

‘여덟… 아니, 아홉.’

순식간에 배에 숨은 살수의 숫자를 읽어낸 자명이 조심스럽게 두어 걸음을 떼더니, 난데없이 선실 안으로 손을 내뻗었다. 파삭, 하는 소리와 함께 자명의 손이 선실 벽을 뚫고 들어갔다.

“큭!”

짧은 비명 소리와 함께 누군가가 털썩 쓰러지는 소리가 들려왔다. 자명은 단 일 수에 상대의 단전을 폐해 버렸던 것이다.

그때, 문득 날카로운 살기가 느껴졌다.

‘무언가 온다.’

자명이 짧은 호흡을 내쉬며 고개를 옆으로 까딱 숙였다. 자명의 머리가 있던 곳에 섬뜩한 칼날이 튀어나왔다. 자명이 아랫입술을 질끈 깨물고는 대뜸 어깨로 선실 벽을 두드렸다.

쿵―!

둔중한 소리와 함께 자명의 몸이 한차례 기우뚱했다. 자명의 어깨가 선실 벽을 무너뜨려 버린 것이다.

자명은 아무도 없는 선실 벽을 흘끔 보더니, 곧바로 검결지를 뻗어 허공을 찔러 나갔다. 모습이 보이지 않을 뿐, 근처에 살수가 은신해 있었던 것이다.

“칫!”

어디선가 잇소리가 나더니, 한줄기 경풍이 불어왔다. 슬그머니 경풍을 피해낸 자명이 손바닥으로 허공을 두드렸다.

　허공을 두드렸을 뿐인데 가죽 주머니가 터지는 듯한 소리가 들려왔다. 살수가 자명의 손바닥에 팔을 얻어맞고 만 것이다.

　"후우—"

　길게 호흡을 고른 자명이 시선을 돌렸다. 남궁화란이 창백한 얼굴로 주위를 바라보고 있었다. 잠시 발로 배를 더듬어보던 남궁화란이 나직한 목소리로 중얼거렸다.

　"배가……."

　그 순간, 배가 한차례 크게 기우뚱거렸다. 자명과 남궁화란은 몰랐지만, 누군가가 물속에서 선두(船頭)를 부수고 있었던 것이다. 물이 들어오는 속도가 점점 빨라지니, 선체가 한차례 크게 기우뚱한 것도 이상한 일은 아니었다.

　"저들은 배를 침몰시킬 작정인가 봅니다, 은인! 물속에 수공에 능한 자가 있을 터, 은인께서는 자맥질을 할 줄 아시는지요?"

　"피하십시오, 화란 아가씨!"

　자명이 대답 대신 크게 외쳤다. 남궁화란이 경호성을 터뜨리며 검을 휘둘렀다. 챙강, 하고 쇠가 부딪치는 소리가 나더니, 남궁화란의 어깨에서 피가 튀었다. 하나의 칼날을 미처 막아내지 못하고 어깨에 자상을 입고 만 것이다.

　"흡!"

　하지만 남궁화란은 숨도 채 돌리지 못했다. 기척조차 읽지 못하였거늘, 또다시 날카로운 살기가 느껴지는 것이었다. 자명이 이형환위의 신법을 펼쳐 남궁화란의 근처로 다가와 크게 진각을 밟았다.

그러자 둔중한 굉음과 함께 선실 바닥이 부서지더니 몰려들던 살기가 쏜살같이 사라졌다.

자명을 감히 상대할 수 없기에 남궁화란을 먼저 죽이려 했던 살수들이 재빨리 뒤로 물러났던 것이다.

자명이 걱정스러운 시선으로 남궁화란을 돌아보았다.

"괜찮아요, 화란 아가씨?"

"서둘러 배를 빠져나가야겠습니다, 은인."

물속에서 수공을 맞이하는 것보다는 강 건너편에서 적을 상대하는 게 낫다. 그녀는 검을 가볍게 세 차례 휘둘렀다. 난간이 세 조각으로 분리되자 남궁화란은 그것을 가볍게 쥐어 들어 차례대로 강물로 던졌다.

"강 건너까지 달리셔야 합니다, 은인!"

"화란 아가씨 먼저 출발하세요!"

자명이 나직하게 외치며 손바닥으로 크게 원을 그렸다. 자명과 남궁화란이 빠져나가려 한다는 것을 알아챈 살수들이 기겁하여 달려들고 있었던 것이다.

자명을 흘끔 바라본 남궁화란이 크게 허공으로 솟구쳤다. 포물선을 그리며 날아간 남궁화란이 강물 위에 둥실둥실 떠 있는 난간 파편을 밟고 다시금 허공으로 솟아올랐다.

하지만 그녀는 두 번째 난간 파편을 밟지 못했다. 파편이 급작스레 물속으로 사라진 것이다.

'이, 이런!'

물속에서 누군가가 난간 파편을 가지고 사라진 것이 분명했다. 남궁화란의 안색이 어두워졌다. 이제 꼼짝없이 물에 빠질 수밖에 없는 것이다.

그때, 누군가가 그녀의 어깨를 잡아 들었다. 남궁화란이 놀란 눈으로 머리 위를 바라보았다.

"으, 은인?"

자명이 마치 허공을 밟듯이 그녀의 어깨를 잡고 높이 솟아오르고 있었다. 그녀가 당황한 얼굴로 자명을 바라보는 사이, 자명의 발이 강 건너편의 땅에 다다랐다.

자명은 땅을 밟자마자 남궁화란을 바라보았다.

"괜찮으세요, 화란 아가씨?"

"저는 괜찮습니다. 걱정하지 마십시오, 은인."

남궁화란이 침몰하는 배와 강물을 주시하며 말했다. 물에서 당장에라도 누군가 튀어 오를지 모르니 조금도 안심할 수가 없는 것이다.

그래도 자명의 걱정스러운 시선은 변하지 않았다. 자명은 남궁화란의 앞에 무릎을 꿇었다.

"어깨를 봐야겠어요."

"이 정도의 상처는 아무것도 아닙니다."

옅게 어깨를 베었을 뿐이니, 크게 신경 쓸 상처가 아니었다. 그녀가 어깨를 흘끔 바라보고는 아무렇지도 않게 옷자락을 부욱 찢어 어깨를 묶으려 하자 자명이 찢어진 옷자락을 얼른 받아 들고는 대신 묶어주었다.

그때, 쐐애액, 하고 바람을 찢는 소리가 들려왔다.

"암습?"

남궁화란이 자신의 머리를 노리고 쏘아져 오는 화살을 바라보며 눈을 크게 뜰 때였다. 그녀의 어깨를 묶어주던 자명이 재빨리 화살을 낚아챘다. 그 모습이 어찌나 자연스럽던지, 화공의 손에 화살이 생긴 것처럼 보일 지경이었다.

자명의 시선이 화살이 날아온 쪽으로 돌아갔다.

"으음."

자명의 안색이 어두워졌다.

자명의 앞에는 수십 명이 넘는 흑의인들이 무심한 얼굴로 검광을 번쩍이고 있었다.

第九章

암습(暗襲)

畵工
道談

화공
도담

1

남궁화란의 시선이 재빨리 흑의인들을 훑었다. 흑의인들 뒤에는 한 명의 노인이 무심한 표정으로 서 있었다.

노인의 얼굴을 보자 남궁화란의 표정이 급변했다.

"여(呂) 도주?"

노인의 눈에 이채가 떠올랐다. 잠시 이상한 시선으로 남궁화란을 바라보던 노인이 무심한 표정으로 고개를 돌렸다.

남궁화란이 이를 질끈 깨물었다.

"도주께서 직접 오실 줄은 몰랐군요."

"무엇들 하느냐? 죽여라."

노인은 남궁화란에게는 아무 관심도 없다는 듯 흑의인들에게 명령을 내렸다. 흑의인들이 천천히 자명과 남궁화란에게로 다가왔다.

"후우—"

자명이 길게 한숨을 내쉬었다. 과거와는 달리 자명은 더 이상 망설이지 않았다. 어차피 물러나라 해도 그러지 않을 터, 대화를 나눠봐야 무용하다는 것을 깨달은 것이다.

자명은 말을 하는 대신 이형환위의 신법을 펼쳐 흑의인들 틈으로 뛰어들었다.

흑의인들이 경호성을 내지르며 자명을 공격했지만, 무용한 일이었다. 이미 자명의 무위가 경지에 달하여 흑의인들로서는 상대할 수 없었던 것이다.

흑의인 한 명이 비명을 지르며 바닥에 쓰러짐과 동시에 자명이 흑의인이 쥐고 있던 검을 받아 들었다.

그때, 남궁화란이 자명을 불렀다.

"조심하십시오, 은인. 여 도주가 직접 찾아왔다면……."

자명의 무위를 충분히 아는 만큼 안심해도 될 텐데, 남궁화란의 표정은 여전히 어두웠다.

조용히 있던 노인이 싸늘하게 중얼거렸다.

"시끄러운 계집이로군."

그 말이 신호였던 것일까? 흑의인들 서넛이 남궁화란에게로 달려들었다. 남궁화란이 이를 질끈 깨물며 검을 들어 올렸다. 자명이라면 모르겠으나, 그녀의 무위로는 흑의인들 셋을 겨우 감당하는 게 고작이었던 것이다.

자명이 다급히 남궁화란 쪽으로 뛰어들었다.

"화란 아가씨!"

"제가 감당할 수 있습니다, 은인! 여 도주를 대함에 있어서는 조금의 방심도 있어서는 아니 됩니다!"

남궁화란이 다급히 고함을 질렀다. 그녀의 말이 옳았나 보다. 자명이 채 뛰어들기도 전에 장내에 폭음이 울려 퍼졌던 것이다.

콰앙―!

자명이 낭패한 얼굴로 정신없이 뒤로 물러났다. 지근거리까지 다가온 흑의인이 검을 날리는 대신 갑자기 화염을 뿜어내며 폭사해 버렸던 것이다.

자명의 표정이 점점 멍하니 변해갔다.

"이, 이게 무슨……."

"벽력탄(霹靂彈)."

흑의인들과 검을 마주치고 있던 남궁화란이 어두운 얼굴로 중얼거렸다.

지금은 귀천한 벽력자가 만든 화탄 중에 가장 뛰어난 것은, 이전 화무백이 당노독파를 공격할 때 사용했던 벽력진천뢰였

다. 자명을 크게 놀라게 하기는 했지만, 사실 지금의 벽력탄
은 벽력진천뢰보다는 못한 데가 있었던 것이다.

하지만 그것만으로도 반경 일 장을 쑥대밭으로 만들기엔
충분했다. 자신의 앞에서 폭사해 버린 무인의 파편을 바라보
던 자명이 멍한 얼굴로 노인 쪽을 돌아보았다.

"묵월검랑을 죽일 수만 있다면 이 정도의 희생쯤이야 조금
도 아까울 것 없지."

노인이 무심한 시선으로 자명을 바라보며 말했다.

자명의 눈에 노기가 차올랐다.

"사람의 죽음으로 사람을 죽이는 것이 어찌 아까울 것 없
는 일이란 말입니까?"

"이루어야 할 뜻이 있으니 별수없는 일이지 않은가? 자네
는 나를 죽여야 하고, 나는 자네를 죽여야 하네. 피차 사정이
그러하니 말 섞지 마세나."

자명이 눈을 지그시 감았다. 언젠가 만났던 암천의 무인들
이 떠올랐다. 소양극 노사와 함께 대적했던 흑의인들 역시 목
숨으로 자신을 죽이려 했던 것이다.

"이상향을 위해서 목숨을 바친 것이오."

귓가에 흑의인의 수장이 외쳤던 말이 맴돌았다. 그 말이 마

치 바로 옆에서 중얼거리듯 생생하게 느껴졌다.

"…나는 인정하지 못하겠습니다."

자명이 나직하게 중얼거렸다. 그때도 자명은 슬픔과 분노를 참지 못하고 고함을 질렀었다.

"장부에게는 목숨을 바쳐서라도 이루고 싶은 것이 있는 법이지. 저들은 그것을 위해 죽었소."

자명은 천천히 눈을 뜨고는 흑의인들을 돌아보았다. 비록 사람은 달랐으나 그들의 표정은 그때와 다름이 없었다.

자명이 조그맣게 중얼거렸다.

"죽음으로 죽음을 부르는 것 역시 허락할 수 없습니다."

자명은 노인을 흘끔 바라보고는 흑의인에게서 빼앗은 검을 단단히 고쳐 쥐었다. 그사이, 세 명의 흑의인을 겨우겨우 제압해 낸 남궁화란이 자명에게로 다가왔다.

"제가 돕겠습니다, 은인."

"물러나세요, 화란 아가씨."

자명이 흘끔 남궁화란을 보고는 앞으로 걸음을 옮겼다. 남궁화란이 고개를 절레절레 저었다.

"그럴 수 없……."

"물러나세요, 화란 아가씨. 오히려 방해가 됩니다."

너무 침착하여 오히려 차갑게 들리는 목소리였다. 남궁화란은 멍한 눈으로 자명을 바라보다가, 이내 결심을 내린 듯 뒤로 물러났다.

그와 동시에 자명의 신형이 사라졌다.

"큭!"

흑의인 하나가 경호성을 내지르며 자명의 목을 베어왔다. 자명은 그의 근맥을 자르는 대신 다짜고짜 그의 옷을 잡아챘다. 흑의인의 옷이 부욱 찢어지자 가죽 요대(腰帶:허리띠)에 묶인 쇠구슬이 눈에 들어왔다. 그것이 바로 소천뢰(小天雷), 벽력자가 평소 애용하던 화탄이었다.

자명은 곧바로 요대를 잡아 들어 강가로 던졌다.

퍼엉—!

굉음과 함께 물보라가 솟아올랐다. 자명은 강가를 흘끔 바라보고는 손바닥을 펼쳐 흑의인의 가슴팍을 후려쳤다. 그리고는 곧바로 다른 흑의인에게로 달려들었다. 벽력탄이 언제 터질지 모르니 조금의 여유도 없었던 것이다.

"으음!"

자명이 짧은 신음을 내뱉었다. 부지불식간에 옆구리를 베이고 만 것이다. 고개를 돌려보니, 머리를 치렁치렁 늘어뜨린 흑의인이 만족한 얼굴로 기이한 웃음을 흩뿌리고 있었다.

자명은 차가운 얼굴로 흑의인에게 달려들었다.

"크허억!"

단전 어림을 크게 베인 흑의인이 비명을 토해냈다. 흑의인이 스르르 무너지자 그의 허리에서 소천뢰가 떨어져 데구루루 굴러 내렸다.

쇠구슬엔 벌써 짧은 심지가 타오르고 있었다. 흑의인들은 미리 소천뢰를 발동시켜 놓고 자명을 공격했던 것이다.

"이, 이런!"

자명이 다급히 발로 소천뢰를 걸어찼다. 그사이 다시 세 명의 흑의인이 자명에게로 다가와 미친 듯이 웃음을 터뜨렸다.

"같이 갑시다, 묵월검랑!"

콰앙—!

화염과 쇠 파편이 자명에게로 쏟아져 내렸다. 크게 손해를 입은 자명이 뒤로 두어 걸음 물러났다. 무명도원도의 호흡을 끌어내었으나 너무 가까이서 소천뢰가 폭발했던 것이다.

"이, 이건……."

자명의 눈에 눈물이 살짝 차올랐다. 자명은 부들부들 떨리는 손으로 얼굴에 묻은 따듯한 육편을 닦아냈다.

자명은 멍하니 흑의인들을 돌아보았다. 흑의인들의 숫자는 너무 많았다. 저들 중 몇 명이 폭사하게 될까.

자명은 아랫입술을 질끈 깨물고는 고개를 절레절레 저었다. 마음이 약해져서는 아니 된다.

자명은 눈을 지그시 감았다.

'무명도원도의 호흡을 조금 더 빨리 이끌어내야 해.'

자명은 호흡을 길게 내쉬고는 한 걸음 앞으로 내디뎠다. 걸음도, 검도 그 어느 때보다도 빨라야 했다.

자명의 마음이 일어나자 무명도원도의 호흡 역시 펼쳐졌다. 단전에서 일어난 따듯한 기운이 재빨리 회전하기 시작했다. 어찌나 빨리 회전하는지, 자명의 몸이 흔들릴 정도였다.

그렇게 한차례 휘청하던 자명의 신형이 사라졌다.

"헉!"

흑의인이 경악성을 내질렀다. 눈앞에 아무것도 없거늘, 갑자기 가슴팍이 파헤쳐지고 쇠구슬이 사라지는 것이다. 묵월검랑의 모습이 아른거리기는 하는데, 미처 검을 찔러보지도 못했다. 그다음으로는 끔찍한 통증이 느껴졌다.

그것은 다른 흑의인들 역시 마찬가지였다. 마치 동시에 자명을 만난 것처럼, 흑의인들이 정신없이 뒤로 물러나고 있었던 것이다. 벌써 일곱 명의 흑의인이 소천뢰를 잃고 바닥으로 허물어지고 있었다.

그러자 뒤에 서 있던 노인이 다급히 외쳤다.

"흑풍대는 요대를 풀러 소천뢰를 손에 들고 남궁가의 계집을 공격하라!"

남궁화란 역시 노인의 말을 들을 수 있었다. 그녀는 흘끗 흑의인 쪽을 바라보고는 재빨리 몸을 뒤로 뺐다. 은인의 말이 옳았다. 자신은 있어봐야 방해만 될 뿐인 것이다.

흑의인들이 재빨리 남궁화란에게로 달려들려 했지만 경공을 펼친 흑의인은 몇 안 되었다. 바람이 스르르 지나가는가 싶더니, 끔찍한 통증이 밀려들어 왔다.

콰앙—!

굉음과 함께 천지가 진동했다. 흑의인 한 명이 소천뢰와 함께 폭발하고 만 것이다. 자명이 최선을 다해보았지만, 모든 흑의인들에게서 소천뢰를 빼앗지는 못했다.

하지만 대부분의 흑의인들을 제압할 수는 있었다. 자명이 아무렇게나 빼앗은 벽력탄을 던진 탓에 천지간에 굉음이 끊이지 않았다.

'이제 한 명.'

자명이 눈빛을 빛내며 흑의인에게로 뛰어들었다. 마지막 남은 흑의인은 노인의 명령을 따라 소천뢰를 손에 들고 남궁화란에게로 뛰어들고 있었다.

자명이 그의 목덜미를 쥐어 들고 뒤로 던짐과 동시에 금나수를 펼쳐 소천뢰를 빼앗아 강물로 집어 던졌다.

또다시 물보라가 일어났다.

"허억, 허억!"

마침내 모습을 드러낸 자명이 호흡을 거세게 내쉬었다. 한

계까지 움직인 탓에 가슴이 터져 나갈 것만 같았다. 자명은 가슴팍을 움켜쥐고는 노인이 있는 곳을 바라보았다.

노인은 여전히 태연하게 뒷짐을 지고 서 있었다.

"검상을 많이 입었군, 묵월검랑."

"허억, 허억!"

호흡을 거칠게 내쉬면서도 자명은 검을 들어 올려 노인을 겨누었다. 노인이 부드러운 미소를 지었다.

"자네는 모르겠지만, 언젠가 철혈신장 화무백이 나를 찾아온 적이 있었다네. 독괴를 죽일 방법을 가르쳐 달라더군. 나는 무형지독을 사용해 보라고 권해주었네."

조금씩 자명의 호흡이 가라앉더니 곧 자명의 눈에 노기가 차올랐다. 파파가 무형지독을 뒤집어쓰고 비명을 지르던 모습이 떠올랐던 것이다. 녹아내린 피부가 흘러내려 텅 빈 눈을 뒤덮던 모습이 아직도 눈에 생생했다.

노인이 말을 이어나갔다.

"은거해 있던 풍검 장상현이라는 자가 나를 찾아온 일도 있었네. 화무백처럼 독괴를 죽일 방법을 가르쳐 달라더군. 나는 벽력진천뢰를 내어주었네."

자명의 몸이 부들부들 떨렸다.

"결국 그들은 독괴를 죽이는 데 성공했다더군. 무림맹에서야 쉬쉬하고 있지만, 나는 독괴가 죽었다는 소식을 들을 수 있었네."

무림맹에서는 독괴와 은자의 죽음을 철저히 감추었다. 본래 천하오절은 무림에 자주 모습을 드러내지 않으니 충분히 가능한 이야기였다.

하지만 암천에서는 이미 그 사실을 알고 있었나 보다.

노인이 무심한 얼굴로 중얼거렸다.

"독괴와 같은 수에 당한 기분이 어떤가, 묵월검랑?"

그 순간, 자명이 격렬하게 기침을 뱉어냈다. 한참 동안 기침을 토해내던 자명이 놀란 눈으로 흙바닥을 내려다보았다.

자신이 토해낸 피가 흙바닥을 검붉게 물들이고 있었다. 자명 역시 당노독파처럼 벽력탄과 독에 당하고 만 것이다.

"무형지독은 시독수라만이 용독할 수 있지, 음과 양으로 나뉜 독을 적시에 합쳐야만 하니까 말이야. 하지만 다른 부시독이라면 조금 더 일반적인 방법으로 중독시킬 수 있네. 검에 묻혀 자상과 독상을 함께 입힌다는 식으로 말이야. 부시독혈(腐屍毒血) 같은 것도 그렇지."

당대(唐代)의 독성(毒聖) 갈염이 만들어낸 무형지독은 모든 독인들의 호기심과 질투의 대상이었다.

원대(元代)의 독곡(毒谷) 역시 무형지독을 부러워했고, 또한 질투했다. 그들은 무형지독을 능가할 만한 독을 만들겠다고 다짐하여 한 가지 독을 만들었는데, 그것이 바로 부시독혈이었다.

"으, 은인!"

멀찍이 떨어져 있던 남궁화란이 비명처럼 외치며 뛰어들었다. 그녀는 자명의 옆에 도착하자마자 노인에게 고함을 질렀다.

"해독제를 내놓으세요, 여 도주!"

노인이 남궁화란을 물끄러미 바라보았다. 남궁화란이 검을 들어 노인을 겨누며 말했다.

"여 도주께서 뛰어난 진법가인 것은 사실이나 그 무공은 삼류에도 미치지 못하지요. 이 거리에서라면 여 도주께서는 소녀의 칼날을 피할 수 없을 것입니다."

"물론 그렇지. 하지만 말일세, 내가 고작 독과 벽력탄만을 준비했을 것 같은가?"

노인이 느긋하게 몸을 돌려 한 발자국을 떼었다. 그와 동시에 그의 신형이 안개에 휩싸인 것처럼, 아니, 그 존재 자체가 지워지는 것처럼 사라져 갔다.

"이, 입즉사(入卽死)."

남궁화란이 신음처럼 중얼거렸다. 산책이라도 떠나는 것처럼 느긋하게 걸어가던 노인이 나직하게 중얼거렸다.

"아니, 입즉사는 아닐세. 입즉사를 펼치기에는 시간이 모자랐거든. 하지만……."

　노인의 신형이 완벽하게 사라졌다. 하지만 노인의 목소리만은 여전히 남아 장내를 떠돌고 있었다.

　"자네들에게는 입즉사보다 더욱 무서운 진법일 걸세."

　남궁화란이 노인을 쫓으려는 듯 앞으로 달려나갔다. 하지만 그녀는 이내 걸음을 멈추고 말았다. 노인의 뒤를 쫓는 것보다 급한 일이 있었던 것이다.

　남궁화란이 다급히 자명에게 달려갔다.

　"은인! 괜찮으십니까?"

　"쿨럭, 쿨럭!"

　자명은 정신없이 피를 토해내고 있었다.

　남궁화란이 아랫입술을 질끈 깨물었다. 부시독혈은 독을 미금은 썩은 피로서, 중독이 되면 반 가 안에 목숨을 잃고 한 시진이면 핏물로 변해 버리는 무서운 극독이었던 것이다.

　"쿨럭, 크, 크윽!"

　자명이 가슴을 한차례 쥐어뜯었다. 처음에는 아무것도 몰랐는데, 피를 토해내고 난 후부터는 호흡조차 가눌 수가 없다. 흑의인들을 제압하기 위해 내공을 한계까지 끌어올린 것이 오히려 중독의 속도를 높였던 것이다.

　자명이 힘껏 남궁화란을 밀어내었다.

　"가까이, 가까이 오지 마십시오."

　"은인, 저는……."

"괜찮습니다, 화란 아가씨. 쿨럭, 쿨럭! 저는 괜찮아요."

그렇게 말한 자명이 길게 호흡을 내쉬었다.

남궁화란이 고개를 절레절레 저었다. 부시독혈에 중독되었는데 어찌 괜찮을 수가 있단 말인가! 그녀의 눈에 눈물이 고여들었다.

"후, 후우—"

자명이 호흡을 깊이 들이마셨다. 과거, 무명도원도의 호흡은 자명의 탁기마저 배출해 낸 적이 있었다. 몸의 청정을 유지하는 데에는 무명도원도가 청허심결보다도 나았던 것이다. 지금도 무명도원도는 재빠르게 독을 몰아내고 있는 중이었다.

그때와 다른 점이라면, 땀으로 배출하는 대신 입으로 토해내고 있다는 점일 터였다. 자명은 피와 함께 독기를 토해내고 있었던 것이다.

남궁화란 역시 그 모습을 똑똑히 볼 수 있었다.

"독기, 독기로구나."

남궁화란이 조금이나마 안도한 듯 어깨를 늘어뜨렸다. 독기를 배출해 낼 수만 있다면 크게 걱정할 일이 아닌 것이다. 하지만 가슴이 두근거리고 심장이 내려앉는 기분은 사라지지 않았다. 그녀는 눈물이 고인 얼굴로 노리개를 움켜쥐었다.

"후, 후우—"

한동안 피를 토해내던 자명이 천천히 고개를 들었다. 눈 밑이 퀭하고 안색이 초췌했다. 자명이 힘없이 중얼거렸다.

"걱정하지 않으셔도 됩니다, 화란 아가씨."

자명은 스스로의 몸 상태를 조금이나마 알 수 있었다. 몸 안에 지독한 기운이 퍼졌다는 것도, 가장 시급한 기운부터 뱉어냈다는 것도 알 수 있었다. 하지만 정작 중요한 기운은 아직도 몸속에 남아 있었다. 무명도원도의 호흡과 지독한 기운이 마치 힘겨루기를 하고 있는 양상이었다.

"급한 기운은 토해냈… 쿨럭, 쿨럭! 토해냈어요, 화란 아가씨."

긴장이 풀린 남궁화란이 제자리에 주저앉았다. 자명이 피가 묻은 입을 닦으며 피곤한 눈으로 남궁화란을 돌아보았다.

"…여 도주라 불린 노인은 누구지요?"

주저앉아 한숨을 내쉬고 있던 남궁화란의 눈에 빛이 돌아왔다. 자명의 중독에 크게 놀라 잊고 있었으나, 아직도 위기는 산적해 있었던 것이다.

"그의 본명은 여만후(呂萬侯)라 하는데, 남해(南海) 어린도(魚鱗島)의 도주이자 유백온의 후예입니다. 신산자 제갈노사보다 선대의 지략가요, 입즉사라는 희대의 진법을 만든 진법가이기도 하지요. 삼십 년 전 암천의 난을 일으킨 주역 중 한 사람입니다."

"유, 유백온?"

자명 역시도 유백온이라는 이름을 알고 있었다.

유백온은 제갈량과도 비교되는 지략가로, 주원장이 명나라를 건국하는 것을 도운 일등 공신이었다.

그는 병법은 물론, 진법과 주역까지 통달해 옛일부터 후일까지 모르는 것이 없었는데, 그 사실을 알려주는 일화가 하나 있다.

주원장이 남경(南京)의 황궁을 증축하고 흡족하게 여겨 말하길, '여보게, 유백온. 이 성벽을 넘을 사람은 아무도 없겠지?' 라 물었다고 한다. 그에 유백온이 답하길, '제비[燕]를 제외하고는 아무도 넘지 못할 것입니다' 라 답하였다 한다.

훗날 남경을 무너뜨리고 황제가 된 번왕(蕃王)이 있었으니, 그가 바로 연왕(燕王) 주체였다. 유백온은 이미 앞날을 꿰뚫어 보고 있었던 것이다.

"전조군사제갈량(前朝軍師諸葛亮), 후조군사유백온(後朝軍師劉伯溫)이라는 소리를 들어본 적이 있습니다."

자명이 노인이 사라진 곳을 바라보았다. 남아 있던 독기가 자명의 가슴팍을 간질였다.

"여기에도 입즉사가 펼쳐져 있습니까?"

"여 도주는 입즉사보다 무서운 진법이 펼쳐져 있다 말했습니다."

남궁화란의 얼굴이 어두워졌다.

"문제는 진법뿐만이 아닙니다. 손자는 남이 미치지 못함을 틈타 생각지도 않는 길을 따라 경계하지 않는 곳을 공격하라(乘人之不乃, 由不虞之道, 攻其所不戒也)고 했으니, 저들은 아마 그 병법을 따르려 할 것입니다. 식사를 할 때나 수면을 취할 때에 살수를 펼칠 수도 있습니다. 혹은 진법이나 기관이 설치된 곳으로 유인을 할 수도 있겠지요."

자명이 어두운 얼굴로 기침을 쿨럭쿨럭, 토해내었다.

"당장은 몸을 피하는 것이 급선무일 것 같습니다, 은인."

남궁화란이 자명의 어깨를 부여잡으며 몸을 일으켰다.

2

자명과 남궁화란은 강변 너머의 숲 속으로 향했다. 앞도 뒤도 모두 막혀 있는 셈이지만, 한자리에 계속 머물러 있을 수는 없었던 것이다. 남궁화란은 남아 있는 독기 탓에 제대로 걸음을 걷지 못하는 자명을 부축하며 힘겹게 걸음을 옮겼다.

천만다행히 더 이상의 습격은 없었다. 남궁화란은 도저히 그 이유를 이해할 수 없었다.

'도대체 왜지?

여 도주는 입즉사보다도 무서운 진법이 펼쳐져 있을 것이라 했다. 때문에 언제 환상을 보게 될지 모른다는 생각을 했거늘, 고요한 숲길만이 계속될 뿐, 안개 한 점 끼지 않았다.

'기관이 설치되어 있는 것일까?

하지만 오면서 아무런 기관을 만나지 못했다. 철질려 따위가 뿌려져 있지도 않았고, 화살이나 암기가 날아오지도 않았다.

'어쩌면 그것은 은인 때문일지도 모르지.'

아직 독기를 완전히 해독해 내지 못한 자명이었지만, 그의 신안만큼은 사라지지 않았다. 비틀거리면서도 자명은 생문을 가리켰던 것이다. 한동안 자명을 바라보던 남궁화란이 아랫입술을 질끈 깨물었다.

'그렇다 하더라도 습격이 없는 것은 이해가 되지 않아.'

진법을 펼쳤으면 그 이득을 취하는 것이 상리다. 하지만 적들은 다시 찾아오지 않았다. 너무 고요해서 오히려 불안해질 지경이었다.

그때, 어디선가 무언가가 달려오는 소리가 들려왔다.

"으음."

남궁화란이 어두운 얼굴로 검을 고쳐 쥐었다. 잔뜩 긴장한 남궁화란은 가능한 한 모든 내공을 끌어올렸다. 하지만 그녀의 긴장은 이내 사라지고 말았다.

'고라니?

수풀을 부스럭거리며 튀어나온 것은 고라니였다. 고라니는 껑충껑충 뛰어와 남궁화란을 앞지르더니, 정신없이 달려 나가기 시작했다.

"하아—"

긴장이 풀린 남궁화란이 한숨을 길게 내쉬고는 다시금 걸음을 옮겼다. 그렇게 반 각을 걷다 보니 이번에는 새끼를 두어 마리 데리고 다니는 멧돼지가 보였다. 멧돼지는 남궁화란과 자명을 경계하듯 쿵쿵거리더니, 재빨리 다른 방향으로 달려가기 시작했다.

자명이 기침을 토해내며 중얼거렸다.

"쿨럭, 쿨럭! 이, 이상한 일입니다, 화란 아가씨."

"무엇이 말입니까?"

남궁화란이 의아한 듯 자명을 바라보았다. 자명이 멧돼지가 사라진 자리를 가리키며 말했다.

"새끼를 데리고 다니는 멧돼지는 결코 사람 근처에 오지 않습니다. 하지만 지금은… 쿨럭, 쿨럭! 우리를 스쳐 지나가는군요."

남궁화란의 표정이 기이하게 변했다. 자명의 말이 옳았다. 본래 멧돼지뿐만 아니라 고라니도 절대 인간의 근처에는 오지 않는다. 하지만 지금은 어떠한가? 가까이 다가올 뿐만 아니라 앞지르기까지 한다.

남궁화란이 뒤를 흘끔 돌아보고는 힘껏 자명을 부축했다.

"어쩌면 뒤에서 무슨 일이 벌어지고 있는 건지도 모르겠습니다. 서둘러야겠습니다, 은인."

자명이 힘겹게 고개를 끄덕였다. 자명과 남궁화란은 구릉으로 향하는 산길을 따라 올라갔다. 그렇게 구릉에 올라선 남궁화란의 입에서 탄식이 터져 나왔다.

"여, 연기?"

나무에 가려져 미처 몰랐거늘, 높은 곳에 올라와 보니 멀찍이서 매캐한 연기가 뿜어져 나오는 것이 보였다. 언뜻 화염이 넘실거리는 것도 보였다.

"화공(火攻), 화진(火陳)!"

남궁화란의 안색이 창백해졌다. 잠시 멍하니 연기를 바라보던 남궁화란이 아예 업다시피 자명을 부축했다. 자명이 피곤한 얼굴로 질문했다.

"무슨 일입니까?"

"여 도주가 화진을 펼친 듯합니다, 은인. 서둘러야 합니다."

남궁화란이 대답 대신 재빨리 경공을 펼쳐 앞으로 달려나갔다. 산불이 번지는 속도는 그야말로 쾌속하기 짝이 없다. 멀리서 본다면 느리게만 보이겠지만, 가까이서 보면 언제 온지 모르게 불길이 와 있게 마련이다.

하물며 여 도주가 일으킨 불이다. 보통의 산불보다도 훨씬 빨리 번져 들 것이 분명했다.

그녀의 불길한 짐작은 곧 현실로 다가왔다.

최대한 빨리 경공을 펼쳤는데도 어느새 매캐한 연기가 진동을 한다. 속도가 조금 느려졌을 뿐인데 어느새 불길이 따라붙어 있었다.

"이, 이런……."

남궁화란이 창백한 얼굴로 뒤를 흘끔 돌아보았다. 고라니, 노루, 멧돼지 등 수많은 산짐승들이 한 무리가 되어 미친 듯이 달려오고 있었고, 그 뒤로는 검붉은 화염이 넘실거리고 있었다.

남궁화란은 호흡을 최대한 느리게 내쉬었다. 자칫하면 연기에 중독되어 더 이상 걷지도 못하게 되리라.

"이쪽으로 가요, 화란 아가씨."

자명이 기침을 쿨럭거리며 말했다. 그쪽이 유일한 생문이었다. 다른 쪽에는 불길한 기운이 가득하니, 잘못 갔다가는 필시 낭패를 볼 터였다.

"알겠습니다, 은인."

남궁화란이 자명이 알려준 쪽으로 경공을 펼쳤다. 불길은 어느새 이전보다 훨씬 가까워져 있었다. 타닥, 타닥, 하고 나무가 타는 소리가 들려왔다. 그리고 곧 굉음이 울려 퍼졌다.

콰앙—!

남궁화란이 비명을 토하며 고개를 숙였다. 속이 비어 있던 나무가 있었는지, 펑! 하고 터져 버린 것이다. 잔뜩 흥분한 동물들이 우는 소리가 커지더니, 화르륵 화염이 일어나는 소리가 들려왔다.

"숨을, 쿨럭, 쿨럭! 숨을 아끼십시오, 은인!"

"저는 괜찮아요, 화란 아가씨."

자명의 말과 동시에 화염이 솟구쳐 올랐다. 그녀의 왼쪽에 있던 나무에 불이 옮겨붙은 것이다. 남궁화란이 신음을 내뱉으며 오른쪽으로 움직였다.

그러나 오른쪽 역시 불길에 타오르긴 마찬가지였다. 남궁화란은 아랫입술을 질끈 깨물었다. 마침내 화염 속에 갇혀 버리고 만 것이었다.

'여, 열기가…….'

남궁화란의 옷자락에 불이 붙어왔다. 그녀는 손바닥으로 옷자락을 두들기고는 이를 악물었다. 보이는 것이라고는 온통 불길뿐인데, 도무지 벗어날 방도가 떠오르지 않는 것이다.

그때, 무언가가 갑자기 나타나 남궁화란을 후려쳤다.

다급한 마음에 검으로 막긴 했지만, 힘을 이겨내지는 못했다. 뒤로 튕겨난 남궁화란이 놀란 눈으로 자신을 후려친 상대를 바라보았다.

크르릉!

호랑이가 이를 드러내며 남궁화란을 노려보고 있었다. 불길에 놀라 잔뜩 흥분한 호랑이가 남궁화란을 보고 본능적으로 공격을 해왔던 것이다.

"조심, 조심해요!"

자명이 짧게 고함을 질렀다. 도대체 어디서 그런 힘이 난 것일까? 독기가 아직 사라지지 않았거늘, 자명이 내공이 섞인 게 아닐까 싶을 만큼 강한 힘으로 남궁화란을 잡아당겼다.

호랑이가 자명 대신 불타고 있는 나무를 후려쳤다. 나무에 커다란 앞발자국이 남는가 싶더니, 이내 기우뚱거리며 무너졌다.

콰아앙!

화염이 쏟아져 내리자 남궁화란은 눈도 뜨지 못하고 비명을 질렀다. 그 순간 자명이 비틀거리며 남궁화란의 손에서 검을 빼앗아 쥐었다.

"큭!"

자명이 짧은 신음을 내뱉으며 검으로 둥근 원을 그렸다. 그와 동시에 호랑이의 목에 자그마한 구멍이 생겼다. 호랑이가 앞발을 후려갈기기 직전에 자명이 그 목을 꿰뚫었던 것이다.

자명은 검을 든 채로 거칠게 호흡을 내쉬었다.

"괜찮습니까, 화란 아가씨?"

연기를 한껏 들이마신 남궁화란이 거세게 기침을 토해내며 고개를 끄덕였다. 자명은 그녀에게서 시선을 떼어 주위를 둘러보았다. 보이는 것이라고는 온통 붉은 화염뿐, 더 이상은 길조차 보이지 않았다. 사방이 불타는 소리 탓에 목소리도 잘 들리지 않을 지경이었다.

"이제 어디로 가야 합니까?"

겨우 호흡을 고른 남궁화란이 목청껏 고함을 질렀다.

불길을 멍하니 바라보던 자명이 나직하게 중얼거렸다. 주변이 타오르는 소리에 자명의 목소리가 들리지 않았다.

"무어라고 하셨습니까, 은인?"

남궁화란이 옷자락으로 코를 막으며 다시 소리를 질렀다.

자명이 그녀의 손을 붙잡았다.

"길이 없어졌어요, 화란 아가씨."

여전히 작은 목소리였으나 손을 맞잡자 명확하게 들려왔다. 남궁화란이 놀란 눈으로 자명을 바라보았다.

"그게 무슨 말씀……."

남궁화란이 중얼거리다 말고 눈을 지그시 감았다. 그녀 역시 사정을 짐작할 수 있었던 것이다.

여 도주가 펼친 화진은 화룡역린(火龍逆鱗)이라는 것으로, 본래 유백온의 진법이었다. 공간을 한정하여 불을 붙이는데,

타오른 불은 모든 것을 태울 때까지 꺼지지 않는다.

생문을 여는 수도 있었으나 여 도주는 일부러 생문을 만들지 않았다. 자명과 남궁화란이 불에 타 죽길 바랐던 것이다.

자명이 아랫입술을 질끈 깨물며 주위를 둘러보았다.

'도대체 어디로 가야 하지?'

사방은 매캐한 연기로 가득해 도무지 방향을 잡을 수가 없다. 자명의 신안(神眼)도 사방이 불에 타버린 바에야 소용이 없었다.

그때, 어디선가 자잘한 진동이 느껴졌다. 자명과 남궁화란의 시선이 산 위로 향했다.

"사, 산사태……."

남궁화란이 조그맣게 중얼거릴 때였다. 점점 커지던 진동이 뚝 멈추었다. 주변의 소리가 모두 사라진 듯한 착각이 들었다. 그러나 짧은 고요는 금방 지나갔다.

콰아앙—!

굉음과 함께 지축이 흔들렸다. 진법으로 인해 지기(地氣)가 바뀐 탓에 산이 견뎌내지 못하고 무너졌던 것이다. 이내 돌덩이와 토사(土砂)가 쏟아져 자명과 남궁화란을 덮쳤다.

남궁화란이 재빨리 쥐고 있던 자명의 손을 잡아끌었다.

"이쪽으로!"

남궁화란이 자명을 이끌어 옆에 있는 바위로 밀었다. 자명은 다급히 바위를 타고 높은 곳으로 올라가기 시작했다. 뒤에서 지반이 흔들린 까닭에 두 발로 걷지도 못했다. 자명과 남궁화란은 바위틈을 손으로 짚어가며 황급히 길을 따라 올랐다.

콰앙, 쿵―!

뒤에서 바윗덩이들이 떨어져 내리는 소리가 들려왔다. 산사태가 자명과 남궁화란의 바로 뒤를 쫓고 있었던 것이다. 조금만 더 지체한다면 필시 죽음을 맞고 말 것이었다.

다급히 바위를 기어오르던 남궁화란이 걸음을 멈추었다.

"이, 이런……."

바로 앞이 천 길 낭떠러지였다. 남궁화란은 절벽 아래를 흘끗 바라보고는 눈을 지그시 감았다. 그녀는 문득 아랫입술을 질끈 깨물었다.

'이제 어떻게 해야 한단 말인가!'

남궁화란이 필사적으로 머리를 굴려보았다. 하지만 아무리 주위를 둘러봐도 방법이 없다. 바로 뒤에는 산사태가 벌어지고 있고, 갈 수 있는 길은 절벽뿐이다.

그때, 자명이 남궁화란의 손을 꼬옥 잡았다.

"걱정하지 말아요, 화란 아가씨."

자명이 남궁화란의 손을 잡아당겨 가슴에 안아버렸다. 남궁화란은 미처 뭐라 말하지도 못한 채 자명의 품에 안기고 말 았다. 자명의 가슴에 얼굴을 묻은 남궁화란이 눈동자를 굴려 자명을 올려다보았다.

"은인?"

남궁화란이 의아한 얼굴로 질문할 때였다. 자명이 부드러운 미소를 지으며 품에 안긴 남궁화란을 내려다보았다.

"이쪽으로 가요."

"하지만 앞은 절벽입니다!"

남궁화란이 무어라고 말할 때였다. 자명이 절벽 아래로 발걸음을 한 걸음 내디뎠다. 남궁화란은 비명을 지르며 눈을 질끈 감고는 자명의 허리를 부둥켜안았다.

하지만 아무리 기다려도 몸이 떨어지는 느낌은 들지 않았다. 남궁화란은 천천히 눈을 뜨고는 발아래를 내려다보았다.

"으, 은인?"

남궁화란이 자명의 허리를 부둥켜안은 팔에 힘을 주며 더듬더듬 입을 열었다. 평소의 무심한 표정도 이때만큼은 사라져 있었다.

자명이 피곤한 얼굴로 부드럽게 미소 지었다. 천지만물과 조화를 이루면 바람 위에 서지 못할 이유가 무엇이 있겠는가! 조금 전에는 다만 독기를 이기지 못해 마음을 일으키지 못했을 따름이었다.

‘지, 지금은 안 돼.’

자명은 다시금 끓어오르는 독기를 애써 참아냈다. 무명도원도의 호흡이 다른 데 한눈을 파는 것이 마음에 안 든다는 듯, 독기가 크게 일어나 자명의 내부를 공격했다. 자명의 안색이 점점 창백해져 갔다.

남궁화란이 걱정스러운 얼굴로 자명을 바라보았다.

“괜찮으십니까, 은인?”

자명은 대답을 하지 못하였다. 협곡 너머를 주시하는 데 온 정신을 쏟고 있었던 것이다.

‘조금만, 조금만 더……’

협곡 너머가 머지않았으니 조금만 더 힘을 내면 된다. 자명은 마지막으로 남은 힘까지 쏟아냈다. 몸속의 독기가 더욱 짙어지더라도 자명은 상관치 않았다.

그리고 마침내 자명과 남궁화란은 협곡 너머에 도착했다.

자명이 거칠게 숨을 토해내며 무릎을 털썩 꿇었다.

“허억, 허억!”

“으, 은인!”

자명이 앞으로 쓰러지자 남궁화란이 비명을 지르며 그를 안아 들었다. 남궁화란의 품에 안긴 자명이 애써 호흡을 고르며 조그맣게 중얼거렸다.

“미, 미안해요, 화란 아가씨. 나 조금만 쉴게요.”

퀭한 눈으로 남궁화란을 바라보며 자명이 웃었다. 시야가 흐릿해져 화란 아가씨의 얼굴이 잘 보이지 않았다.

자명의 눈이 천천히 감겨들었다.

第十章
구사일생(九死一生)

畵工道談 화공도담

書工道談 화공도담

1

　남궁화란이 힘겹게 자명을 들쳐 업었다. 축 늘어진 자명이 남궁화란의 어깨에 머리를 기대었다.

　남궁화란은 천천히 협곡 아래로 걸어내려 갔다.

　아무리 청허심결을 익혔다지만 그녀의 내공은 결코 무한하지 않았다. 화진을 지나오느라 벌써 대부분의 내공을 소진한 남궁화란의 신형이 한차례 비틀거렸다.

　'어, 어서 피해야 해.'

　지강에서 배에 승선한 보부상들은 틀림없이 살수였을 것이다. 그들은 때가 될 때까지 기다렸다가 의창 부근에 도착해서야 암습을 펼친 것이다.

그곳이 바로 여 도주가 함정을 파둔 곳이었다. 여 도주는 수하들의 목숨까지 도외시한 채 은인에게 독상(毒傷)을 입혔고, 곧이어 화진을 펼쳤다.

'이게 끝이 아닐지도 몰라.'

당혜가 돌멩이에 걸려 찢어졌지만 남궁화란은 조금도 개의치 않고 계속해서 걸음을 옮겼다. 남궁화란의 표정에는 짙은 피로가 머물러 있었다.

'이게 끝이 아니라면……'

남궁화란은 거칠게 호흡을 들이마시며 생각에 빠져들었다. 여 도주는 틀림없이 다음의 수를 준비했을 것이다. 화진에서 탈출했을 경우를 고려하지 않을 리가 없는 것이다.

'생로가 될 법한 곳에 무인들을 배치해 두었을 것이다.'

그야말로 연환계(連環計), 공격은 끊이지 않고 이어지리라.

남궁화란이 문득 발걸음을 멈추었다. 그녀는 지친 얼굴로 주위를 둘러보고는 최대한 기척이 드문 곳을 찾아 방향을 잡았다.

'암천의 무인들을 만난다면 어찌해야 할까.'

내공은 그야말로 한 줌밖에 남지 않았지만 은인을 저들에게 내어줄 수는 없었다. 남궁화란은 허리춤에 매달린 검을 흘끗 내려다보았다. 호랑이를 상대하느라 자신의 검을 가져갔던 화공에게서 다시 검을 돌려받았으니, 이제 그것에 생사를 걸게 될 터였다.

문득 남궁화란이 서글픈 미소를 머금었다. 화공과 나누었던 대화가 떠올랐던 것이다.

"약속하세요, 화란 아가씨. 다시는 그러지 말아요."

알았다고 대답하면서도 남궁화란은 '다시금 그런 상황이 오면 똑같이 행하지 않을까' 라고 생각했었다. 다만 그런 상황이 이렇게 빨리 올 줄은 미처 몰랐다.

'미안해요, 진 화공. 약속을 지키지 못할 것 같아요.'

남궁화란의 눈에 눈물이 차올랐다.

그때, 어디선가 굵은 목소리가 들려왔다.

"비록 적이지만 대단한 인물이로다!"

남궁화란이 피로한 얼굴로 고개를 들었다. 눈앞에 오십여 명은 족히 될 법한 흑의인들이 활을 들고 있었다. 가장 앞에 서 있던 흑의인의 수장이 남궁화란의 등 뒤에 업힌 자명을 바라보며 연신 감탄을 토해냈다.

"부시독혈에 중독당한 상태로 어찌 화룡역린진을 통과할 수 있었단 말인가!"

남궁화란의 얼굴이 어두워졌다. 그녀는 눈을 지그시 감고 아랫입술을 질끈 깨물었다.

‘결국에는 이렇게 되고 마는구나.’

일부러 사람이 없는 곳으로 방향을 잡았거늘, 이렇게 암천의 무인들을 만나고 말았다. 절망 어린 얼굴로 흑의인들을 바라보던 남궁화란이 다급히 뒤로 물러나 수림(樹林) 속으로 모습을 감추었다.

흑의인의 수장이 씁쓸하게 중얼거렸다.

“피해도 소용없소, 소저.”

더 이상 피할 수 없다는 것은 남궁화란도 익히 아는 바였다.

남궁화란은 자명을 나무 뒤에 잘 감추어놓고는 물끄러미 그를 내려다보았다. 문득 가슴이 한차례 일렁거렸다. 그녀는 손끝으로 자명의 볼을 부드럽게 어루만졌다.

‘부디 진 화공만은 무사하길.’

그것을 끝으로 그녀의 얼굴에 어렸던 여인의 표정이 사라졌다. 이제 남은 것은 강호의 여협, 빙설화의 얼굴뿐이었다.

남궁화란은 검을 단단히 쥐어 들고는 천천히 모습을 드러냈다. 순간 흑의인의 눈에 이채가 떠올랐다.

“묵월검랑은 어디에 두시고 홀로 나오시오?”

“귀하께서 신경 쓸 일이 아닙니다.”

남궁화란이 얼음장처럼 차가운 얼굴로 중얼거렸다. 흑의인이 고개를 절레절레 젓고는 뒤에 선 수하에게 턱짓을 해 보였다.

수하가 화섭자를 들어 둥근 원통에 가져다 댔다. 불이 붙은 둥근 원통을 하늘로 올리자 밝은 불꽃이 솟아올랐다.

“소저 혼자 우리 모두를 상대할 수는 없거니와, 묵월검랑 역시 숨길 수 없소. 근처에 흩어져 있는 동료들에게 모이라 신호를 보내었으니, 도망 역시 치지 못할 것이외다.”

남궁화란이 창백한 얼굴로 아랫입술을 깨물었다. 은인을 모시고 도망을 치고 싶은 마음이 왜 없었겠는가! 다만 경공을 펼칠 내공이 없어 그러지 못할 뿐이었다.

‘이렇게 허망하게 끝나는가?’

남궁화란이 고개를 숙였다.

흑의인의 수장이 씁쓸한 얼굴로 중얼거렸다.

“사실 우리는 소저를 오래 상대할 생각도 없소이다. 멸검대는 화살을 장전하라!”

흑의인의 수장이 고함을 지르자 오십여 명의 흑의인이 모두 활을 들어 올렸다. 남궁화란은 검을 한차례 고쳐 쥐었다.

“발사하라!”

쐐애액—!

바람을 찢는 소리와 함께 화살이 비처럼 쏟아져·내렸다. 남궁화란은 마지막 남은 내공을 끌어올렸다. 내공을 모두 소모하면 청성산에서처럼 진원지기까지 소모해야 할 터였다.

원거리에서 화살을 무한정 맞이하느니, 차라리 적들과 직접 검을 나누는 편이 나은 법. 남궁화란은 자신에게로 쏘아져 오는 화살을 쳐내며 곧바로 흑의인들 사이로 끼어들었다.

챙강! 하고 검이 부딪치는 소리가 들려왔다. 흑의인 하나가 남궁화란의 검을 막은 것이다. 남궁화란은 마치 당노독파처럼 조공을 펼쳐 흑의인의 어깨를 쥐어갔다.

"크, 크윽!"

어깨를 한 움큼 뜯긴 흑의인이 뒤로 물러났다. 남궁화란은 손에 묻은 육편을 털어버리고는, 곧바로 옆에서 머리를 베어 오는 흑의인의 허리를 찔렀다.

흑의인 하나가 허리에 커다란 구멍이 뚫린 채로 쓰러졌다. 잠시의 틈이 생긴 남궁화란이 펄쩍 뛰어 뒤로 물러났다.

그때, 바람을 찢는 소리와 함께 무언가가 쏘아져 들어왔다. 가느다란 암기가 남궁화란의 전신을 노리고 날아들었던 것이다. 남궁화란은 이를 악물고는 암기를 쳐냈지만, 그 모두를 막을 수는 없었다. 남궁화란은 허벅지 어림에 암기가 파고드는 것을 느꼈다.

"크, 크흐윽."

남궁화란은 신음을 애써 참아냈다. 자신의 고통을 적들에게 알려주고 싶지 않았던 것이다. 남궁화란이 자신의 단전을 노리고 날아드는 흑의인들의 검을 겨우 거둬내고는 흘끔 허벅지를 내려다보았다.

허벅지에는 암기가 깊숙이 박혀 있었다. 그녀는 이를 질끈 깨물고는 손을 뻗어 허벅지에 박힌 암기를 뽑아냈다. 피가 콸콸 쏟아져 나왔다.

'낭패로구나.'

남궁화란이 피곤한 얼굴로 비틀거렸다. 혈관이라도 다쳤는지 피가 끊임없이 새어 나왔다. 지혈을 하고 싶었지만, 그럴 만한 여유가 없었다.

챙강!

남궁화란이 흑의인 하나의 검을 막아내고는 곧바로 창궁무애검로를 따라 흑의인의 목을 베어버렸다. 흑의인이 목을 부여잡고 뒤로 물러났지만, 손아귀 사이로 피가 콸콸 새어 나오고 있었다. 흑의인은 무어라 말하려는 듯 껵껵거리다가 결국 무릎을 꿇고 말았다.

그러나 남궁화란은 흑의인이 쓰러지는 것을 보지도 못했다. 누군가가 그녀의 허리를 찌르고 지나간 것이다. 비록 큰 상처는 아니었지만 피를 너무 많이 흘렸던 남궁화란은 비명을 지르며 뒤로 물러났다.

"아직은 아니야. 조금 더 싸울 수 있어."

남궁화란이 힘겹게 검을 들어 흑의인들을 겨누었다. 그녀는 비틀거리며 천천히 뒤로 물러났다. 문득 그녀의 등에서 거친 촉감이 느껴졌다. 나무에 등이 닿고 말았던 것이다.

남궁화란이 나무에 등을 기댄 것과 동시에 다섯 개의 검이 날아왔다.

'피할 수가 없다.'

두 칼날은 거둬낼 수 있을지 모르겠지만, 나머지는 막아낼 수가 없다. 남궁화란은 죽음을 직감하며 억지로 검을 들어 올렸다.

그때, 남궁화란에게로 한 자루의 도가 날아왔다. 날아온 도는 그녀를 공격하던 칼날을 부러뜨린 다음, 남궁화란의 얼굴 바로 옆에 박혔다.

쿵!

남궁화란이 놀란 눈으로 고개를 돌려보았다. 바로 옆에는 흑호(黑虎)가 양각된 낡은 박도가 박혀 있었다. 남궁화란이 눈을 커다랗게 뜨며 장내를 바라보았다.

그 순간 어디선가 무덤덤한 목소리가 들려왔다.

"귀찮은 놈들하고 싸우고 있구려, 소저."

"크헉!"

무덤덤한 목소리가 사라지기도 전에 흑의인 한 명이 비명을 지르며 뒤로 튕겨났다. 허름한 마의를 입은 사내가 천천히 걸어오며 주먹으로 흑의인을 후려친 것이다.

흑의인의 수장이 어두운 얼굴로 중얼거렸다.

"누가 감히 암천의 행사에 끼어드는가?"

"낭왕(狼王)."

사내가 장내로 걸어들어 오며 말했다. 안색이 급변한 흑의인의 수장이 침중한 목소리로 중얼거렸다.

"금분세수하였다 들었거늘, 낭왕께서 어인 일이시오?"

"그거 취소했소. 이보시오, 소저. 내 도를 던져 주겠소?"

어디 산채이라도 나온 듯한 느긋한 목소리였다. 남궁화란에게 한 말 역시 너무나 태평스럽게 들린다. 흑의인의 수장이 얼굴을 딱딱하게 굳히며 물었다.

"금분세수를 취소했다고?"

낭왕은 대답 대신 내 말을 듣지 못했냐는 듯한 시선으로 남궁화란을 바라보았다. 남궁화란이 손에 힘을 실어 나무에 박힌 도를 뽑아 들었다. 그리고는 낭왕이라 스스로를 밝힌 사내에게 힘껏 도를 던졌다.

"흥! 도를 쥐게 순순히 놔둘 것 같소?"

흑의인의 수장이 다급히 달려들어 허공을 날아가는 도를

빼앗으려 했다. 하지만 그보다는 낭왕이 빨랐다. 흑의인의 머리를 밟아 부수며 높이 뛰어오른 낭왕이 곧바로 도를 쥐어 든 것이다.

곧 흑의인의 수장의 검과 낭왕의 도가 맞부딪쳤다.

"크흠! 고절한 공력!"

바닥에 착지한 흑의인의 수장이 크게 외쳤다. 단 일 합만으로 크게 손해를 입었던 것이다. 반면, 낭왕은 달랐다. 흑의인들 틈에 착지한 낭왕은 흑의인 한 명의 머리를 잡고는 근처에 있는 바위에 짓이겨 버렸다.

흑의인이 노호성을 터뜨렸다.

"낭왕이라는 자가 너무 비겁하지 않소?"

"미안하지만 나는 무인이 아니오. 명예와는 동떨어진 낭인일 뿐이지. 내게 예의를 기대하지 마시오."

낭왕이 검을 들어 자신을 베어오는 흑의인의 머리로 도를 내려쳤다. 머리부터 시작해서 일도양단된 흑의인이 두 쪽으로 떨어져 내렸다.

낭왕은 그때부터 말이 없었다.

그저 무심한 얼굴로 흑의인들을 공격할 따름이었다.

언뜻 잠이 든 것처럼 보이는 자명이었지만, 청각은 여전히 살아 있었다. 그는 자신을 업고 걸어가던 남궁화란의 숨소리를 똑똑히 들을 수 있었다. 몇 번이나 그녀의 등에서 내려오려고 했지만, 몸은 조금도 움직이질 않았다.

그것은 화란 아가씨가 암천의 무인들을 만났을 때도 마찬가지였다. 자명은 몇 번이나 몸을 일으키려 했지만 꼼짝도 하지 못하였다.

'어떻게든……'

지독한 기운을 마주한 육신에서 끔찍한 통증이 느껴졌다. 무명도원도의 호흡은 결국 독기를 몰아내지 못했던 것이다.

대신 무명도원도의 호흡은 독기와 함께 빙글빙글 회전하기 시작했다. 자명은 스스로에게 무슨 일이 벌어지는지도 모른 채 그 상황을 지켜봐야 했다.

'어떻게든 움직여야 하는데.'

조금 더 시간이 지나자 무명도원도의 호흡 속에 독기가 녹아들기 시작했다. 기이한 것은, 검고 탁한 기운이 무명도원도와 섞이자마자 푸르게 변한다는 점이었다.

마치 흐림이라고는 조금도 없는 맑은 하늘처럼 청명한 기운으로 변한 독기는 더 이상 육신에 아무 통증도 주지 못했다.

무명도원도의 호흡은 조금씩, 조금씩 독기를 몸에 품어 청명하게 바꾸어놓기 시작했다. 도대체 언제쯤 모든 독기를 수

습할까 싶었으나, 그 시간은 예상외로 길게 걸리지 않았다.

그렇게 바뀐 청명한 기운과 무명도원도의 호흡은 서로 꼬리에 꼬리를 물고 맴돌기 시작했다.

'이게 갑자기 무슨 일이지?

청명한 기운이 쫓아가면 그 꼬리를 잡으려는 듯 무명도원도의 호흡이 쫓았다. 청명한 기운은 사실 무명도원도의 꼬리를 쫓고 있었는데 말이다.

그렇게 맴돌던 기운이 이내 머리끝으로 솟아올랐다. 그리고는 마치 몸 바깥으로 나가려는 듯 백회를 들이받기 시작했다.

콰앙!

자명의 머릿속에 천둥소리가 들려왔다. 새우처럼 말려진 자명의 몸이 한차례 부르르 떨렸다.

'그, 그러면 안 돼!'

하지만 청명한 기운도, 무명도원도의 호흡도 열심히 백회만을 두드릴 따름이었다. 자명은 천둥소리를 들었고, 번개를 맞은 듯한 고통을 느꼈다. 그러면서도 자명의 귀는 열려 있었다.

"크, 크흐윽."

화란 아가씨가 억지로 신음을 참는 소리였다. 자명이 아랫입술을 질끈 깨물었다. 당장에라도 일어나야 했다. 자명은 힘껏 손끝을 움직여 바닥을 짚었다.

'지, 지금 당장 일어나야 해.'

그때, 백회를 두드리던 기운이 마침내 머리를 뚫고 하늘 높이 솟구쳐 올랐다. 육신 밖으로 모든 기운이 다 빨려 나가는 듯했다.

자명은 비명을 질렀다. 아무도 듣지 못할 짧은 비명이었다. 고통은 영원한 것처럼 길게 이어졌고, 동시에 찰나인 것처럼 짧게 사라졌다.

일순 잃었던 자명의 의식도 금방 돌아왔다. 백회를 통해 하늘로 솟아올랐던 기운이 단전에서 다시금 자라나고 있었다.

'도대체 무슨 일이 생긴 거람?'

그것은 스스로도 알지 못할 일이었다. 잠시 멍하니 눈을 끔뻑이던 자명이 고개를 절레절레 저었다.

'아니, 지금은 그런 생각을 할 때가 아니야.'

자명이 힘겹게 땅을 짚고 몸을 일으켰다. 처음에는 부들부들 떨리던 팔에 천천히 힘이 차올랐다. 무명도원도의 호흡이 마침내 정상으로 돌아온 것이다.

자명은 눈빛을 빛내며 나무 너머를 바라보았다. 바로 저곳에서 화란 아가씨가 싸우고 있을 터였다.

2

흑의인의 수장이 이를 질끈 깨물었다. 어떻게든 낭왕을 막아내려 했지만, 낭왕은 얄미우리 만치 자신을 피하며 수하들을 공격하고 있었다.

낭왕의 도는 가장 약한 사람부터 노렸다. 낭왕은 자신의 공격을 피해 가장 약한 수하들 쪽으로 피한 다음, 거침없이 목을 잘라 버리고 있었던 것이다.

더불어 비겁한 수도 거리낌없이 사용했다. 발끝으로 흙을 긁어 흙먼지를 일으켜 놓고 대뜸 도를 휘두른다. 그만한 암수를 피하지 못할 수하들이 아니었으나, 낭왕의 암수는 그야말로 적재적소에 이루어져 당해낼 수가 없다.

흑의인의 수장이 버럭 고함을 질렀다.

"먼저 남궁가의 계집부터 공격하라!"

"으음."

낭왕이 어두운 얼굴로 남궁화란을 돌아보았다. 지칠 대로 지쳐 버린 남궁화란이 힘겹게 창궁무애검을 펼쳐 나가고 있었다. 마지막 남은 한 점의 내공까지 모두 소모한 그녀의 검은 연약하기 짝이 없었다.

여섯 명이 넘는 흑의인들이 달려들자 남궁화란은 정신없이 뒤로 물러나기 시작했다.

"피하시오, 소저!"

낭왕이 낭패한 얼굴로 남궁화란에게 외쳤다. 아무리 빨리 뛰어간다 해도 제시간에 남궁화란에게 도착할 수가 없었던 것이다.

그때, 누군가가 남궁화란의 앞에 스르르 솟아올랐다.

"무, 묵월검랑?"

어지간한 일에도 태평하던 낭왕의 눈가에 놀람이 깃들었다. 설마하니 이 자리에 자명이 있을 줄은 몰랐던 것이다.

자명은 가볍게 손을 휘돌려 한 명의 검을 낚아챈 다음, 그 검으로 재빨리 흑의인들을 공격해 갔다. 남궁화란을 공격하던 흑의인들은 결국 아무런 이득도 없이 뒤로 물러나고 말았다.

남궁화란만큼이나 지친 자명이 거칠게 숨을 내쉬었다.

"괜찮습니까, 화란 아가씨?"

"으, 은인?"

남궁화란이 멍하니 자명을 바라보았다. 그녀의 눈에 희미한 안도감이 깃들었다. 갑자기 모든 긴장이 풀려 버리는 듯한 기분이 들었다. 남궁화란이 지친 얼굴로 질문했다.

"독기는, 독기는 모두 발출하였습니까?"

"그런 것 같습니다."

자명이 고개를 끄덕였다. 사실, 자명 본인도 확신할 수는 없었다. 조금 전의 상황이 꿈결처럼 느껴진 탓이었다. 무언가

변한 것 같긴 한데 무엇이 변했는지 알 수가 없다. 하지만 남궁화란은 독기를 모두 발출했다는 말에 안도한 듯 눈을 감을 뿐이었다.

이를 뿌드득 갈며 자명의 등장을 바라보던 흑의인의 수장이 버럭 고함을 질렀다.

"퇴각하라!"

낭왕에 더하여 묵월검랑까지 나타났으니 이 인원으로는 승산이 없다. 신호를 보냈으니 곧 주위에 있는 동료들이 몰려올 터, 그때를 노려보아야 했다.

흑의인의 수장이 먼저 발걸음을 굴려 뒤로 튕겨나자 흑의인들이 재빨리 수장의 뒤를 쫓았다.

"어딜 가려 하시오?"

낭왕은 마지막의 마지막까지 비겁하게 굴었다. 소매에서 작은 비도를 꺼내더니 흑의인들의 뒤로 던지기 시작했던 것이다. 결국 흑의인들은 두 명의 동료를 더 잃어야 했다.

검을 든 채 호흡을 고르고 있던 남궁화란이 물끄러미 그런 낭왕을 바라보았다. 낭왕은 마지막 비도까지 모두 던지고는 남궁화란 쪽으로 시선을 돌렸다.

"말학 남궁화란이 낭왕 이충한을 뵙습니다."

남궁화란이 억지로 허리를 펴며 포권지례를 취해 보였다. 낭왕은 도를 도갑(刀匣)에 넣고는 고개를 절레절레 저었다.

"나는 한낱 낭인일 뿐이오. 그렇게 머리를 숙일 필요 없소이다."

남궁가의 여식이라는 소리에도 낭왕은 무심할 뿐이었다. 낭왕은 곧 자명 쪽으로 시선을 돌렸다.

자명이 당황한 얼굴로 낭왕을 바라보고 있었다.

"오, 오랜만에 뵙습니다, 어르신."

"오랜만이오, 묵월검랑."

과거, 자명은 신개 양비자와 함께 낭왕을 만난 적이 있었다. 그때 신개 양비자 어르신은 다짜고짜 낭왕을 공격했고, 자명은 뭣도 모르고 그런 양비자 어르신을 말렸었다.

"그릇을 깎고 계셨기에 몰랐습니다만, 훗날 양비자 어르신께 낭왕이라 불리는 무인이었다는 사실을 전해 들었습니다. 예까지는 어인 일이신지요?"

낭왕이 무심한 얼굴로 자명에게서 시선을 떼어 주위를 둘러보았다. 잠시 주위의 기척을 읽던 낭왕이 나직한 목소리로 중얼거렸다.

"머지않아 암천의 졸자들이 몰려올 터, 일단은 이 자리를 피해야겠소. 소저, 걸을 수 있으시오?"

남궁화란이 지친 얼굴로 고개를 끄덕였다.

"그렇다면 이동하겠소. 낭인들이 주로 쓰는 도주로를 따라 이동할 계획이오. 길이 많이 험난할 테니 각오하시오."

남궁화란이 당혹한 얼굴로 중얼거렸다.

"낭인들의 도주로?"

강호의 다툼에 한낱 용부로서 사용되곤 하는 낭인들은 저들 나름대로 생존에 관련된 계책들을 많이 구축해 놓았다. 그들만의 도주로 역시 마찬가지였다.

그 길은 낭인이 아닌 자들에게는 절대 알려지지 않는데, 함부로 발설한 이는 천하 모든 낭인의 적이 되기 때문이었다.

"그것은 함부로 발설할 수 있는 일이 아닐 텐데요."

"낭인의 판단에 따라 몇 사람 정도는 동행할 수 있소. 대신, 그렇게 사용한 길은 폐기된다오. 한시가 급하니 어서 따라오시오."

낭왕이 그렇게 말하고는 걸음을 옮겼다.

자명이 남궁화란을 부축해 낭왕의 뒤를 쫓았다.

자명과 남궁화란은 낭인들의 도주로를 따라 지친 걸음을 옮겼다. 비록 독기를 해독했다지만 자명은 만신창이나 다름없는 몸이었고, 남궁화란은 그런 자명보다도 지쳐 있었다.

아무리 낭인들의 도주로라지만, 암천의 시선을 피할 수 있다는 확신은 없었다. 자명은 만신창이가 된 몸으로 억지로 신법을 펼쳐야 했고, 그럴 만한 내공조차 없는 남궁화란은 중간 중간 자명과 낭왕의 도움을 받아야 했다.

두 시진을 달린 후에는 조금이나마 휴식을 취했다. 남궁화란은 그제야 금창약을 뿌리고 붕대로 감는 등 상처를 다스릴 수 있었다. 하나 그다음부터는 그럴 새도 없었다. 언제 암천이 찾아올지 모르니 정신없이 달려야 했던 것이다.

그렇게 얼마나 달려왔을까.

이름 모를 산길에 멈춰 선 낭왕이 무심한 얼굴로 주변을 둘러보았다.

"이쯤에서 잠시 쉬도록 하겠소."

남궁화란이 거세게 숨을 들이켜며 고개를 저었다.

"이 정도로 암천의 이목을 피할 수는 없을 것입니다. 아직은 더 달릴 수 있으니 낭왕께서는 걱정하지 마십시오."

낭왕이 남궁화란을 돌아보고는 고개를 절레절레 저었다.

"얼마간 암천은 우리를 추적할 수 없을 것이오."

"어째서 그렇습니까?"

낭왕은 대답 대신 들고 있던 바랑을 끌러 작은 철과를 꺼내었다. 근처의 나뭇가지를 뚝뚝 꺾은 낭왕이 그것을 바닥에 꽂아 자그마한 걸대를 만들었다.

그때까지도 남궁화란은 걱정스러운 표정으로 서 있을 뿐이었다. 낭왕이 그녀를 흘끔 바라보고는 입을 열었다.

"제일 처음 도주할 때가 가장 어려웠소. 그때 적을 만났다면 지금 이 시간까지도 우리는 그들과 싸우고 있었을 거요. 하지만 그 순간은 이미 지났소. 내게는 행적을 숨기는 재주가 있고, 그것은 말년의 천리비마조차도 쫓지 못했지. 아마 암천 역시 마찬가지일 것이오."

모두가 강호를 벗어나기 위해 익혔던 재주였다. 아들을 만나 은거하기로 결심한 낭왕은 행적을 지우는 방법을 배우는 데 총력을 기울였던 것이다.

"물론 암천에 천리비마보다 뛰어난 인물이 있을지도 모르오. 하나 그렇다 해도 곧바로 우리의 행적을 쫓을 수는 없을 거요. 최악의 상황이 오더라도 잠시의 여유는 있는 셈이니 편히 쉬시오."

낭왕이 직접 그렇게 말하는데 할 말이 있을 리가 없다. 남궁화란은 고개를 끄덕이고는 낭왕이 만들어놓은 걸대 앞에 주저앉아 길게 한숨을 내쉬었다. 자명 역시도 그녀의 옆에 주저앉았다.

낭왕은 바랑에서 건량을 꺼내 철과에 넣고 물을 부었다. 근처에서 나뭇가지를 주워다가 불을 붙인 낭왕은 무심한 얼굴로 끓는 물을 바라보기 시작했다.

그제야 자명이 의아한 얼굴로 질문했다.

"그런데 어쩐 일로 의창에 오셨습니까? 아드님은 어디에 계시고……."

"은인의 서신을 받아 사천으로 가던 중이었소. 현아는 의형께 맡겨두었지."

자명이 짧게 탄성을 내뱉었다. 그 이야기를 듣자마자 무언가 짐작되는 것이 있었던 것이다. 자명이 남궁화란을 돌아보니, 그녀 역시 같은 표정을 짓고 있었다.

"혹시 은인이라는 분이 신산자 제갈경, 제갈 노사십니까?"

건량으로 죽을 쑤려던 낭왕이 문득 행동을 멈추었다. 그는 무심한 얼굴로 자명을 물끄러미 바라보았다. 한동안 자명을 묵묵히 바라보던 낭왕이 질문했다.

"묵월건량께서도 그분의 서신을 받았소?"

"예, 한 점의 그림을 받았습니다."

낭왕이 눈을 지그시 감았다. 잠시 무언가를 생각하던 낭왕이 다시금 철과 쪽으로 시선을 돌렸다.

"내게는 낭인의 밀마로 왔지."

"제갈 노사께서 낭인의 밀마도 알고 계십니까?"

남궁화란이 믿을 수 없다는 얼굴로 물었다.

도대체 신산자께서는 어찌 낭인의 밀마까지 알고 계신단 말인가! 낭인들의 도주로와 마찬가지로, 그들의 밀마 역시 철저하게 비밀로 부쳐져 있는데 말이다.

"내가 가르쳐 준 적이 있소. 예외의 경우였지."

남궁화란이 짧게 감탄을 터뜨렸다. 낭왕은 말 그대로 낭인들의 왕이라고까지 불리는 사람이다. 그가 직접 가르쳐 주었다면 다른 낭인들은 아마 수긍했을 터였다.

죽을 한차례 휘젓던 낭왕이 무심한 얼굴로 말했다.

"그렇다면 묵월검랑께서도 당가로 가시던 중이었겠구려."

"예?"

자명이 일순 낭왕의 말을 이해하지 못하고 눈을 끔뻑였다. 낭왕이 의심 섞인 시선으로 자명을 바라보았다.

"제갈 노사의 서신을 받았다고 하지 않았소?"

"그렇기야 합니다만, 제게 온 서신에는 사천으로 오라고만 적혀 있었습니다."

자명이 간단하게 자신이 받은 그림을 설명해 주었다. 맹주가 야심을 품고 많은 사람들을 죽이고 있으니 사천으로 오라는 내용이 들어 있었다고 설명하자 낭왕이 그제야 고개를 끄덕였다.

"내게 온 서신에는 그보다 많은 정보가 들어 있었소. 나는 서신에 적힌 내용을 확인하기 위해 다시금 강호로 출두했소."

낭왕은 강호를 나와 정보 상인들을 찾아갔다. 정보는 파편

일 뿐이지만, 그것을 종합하면 새로운 진실이 드러나게 마련
이다.

"그렇게 움직인 끝에 나는 무림맹의 움직임에서 이상한 점
을 발견했소. 무림맹의 지원은 공평하게 이루어지지 않았소.
맹주를 지지하는 문파들은 무림맹의 지원을 받았고, 맹주를
반대하는 문파들은 아무런 지원도 받지 못했소."

그 사실을 알아내는 데에는 많은 정보가 필요했다. 맹주는
자신을 지지하는 문파 중 몇몇을 멸문당하게 두는 반면, 그
반대의 경우를 지원하기도 했다. 일종의 기만이라 할 수 있었
다.

"또한, 무림맹의 정보를 다스리는 비조각에서는 오절의 정
보를 암천만큼이나 중요하게 취급하고 있었소. 그중에는 그
들의 무학에 관한 정보도 있었지. 비록 외형일 뿐이었으나 제
법 상세하게 조사해 놓았더군."

"설마, 파훼법을……?"

"그렇소. 그 정보는 모조리 맹주에게로 흘러들어 가더구
려."

남궁화란이 눈을 지그시 감아버렸다. 맹주가 오절의 무공
의 파훼법을 연구하고 있을 줄은 미처 몰랐던 것이다.

잠시 그렇게 앉아 있던 남궁화란이 질문을 던졌다.

"무림맹이 사천에서 연패하는 까닭도 알고 계십니까?"

"그것은 제갈 노사의 계획이었소."

"예?"

남궁화란은 물론, 자명까지도 눈을 휘둥그레 떴다. 그 모든 것이 맹주의 야심 때문인 줄 알았는데, 설마하니 제갈 노사의 계획이었을 줄이야!

낭왕이 무심한 얼굴로 설명을 이어나갔다.

"제갈 노사는 천하 각지에 흩어진 암천을 사천에 몰아넣자는 계획을 세웠소. 맹주 역시 그에 동의했소. 무림맹은 사천에서 패배를 하고 있는 것이 아니라오. 그저 계획대로 행할 뿐이지."

"하지만 사천에는 당가와 아미파가 있습니다. 그들이 있는 한 암천을 사천에 몰아넣기는 요원한 일일 것입니다."

남궁화란이 고개를 절레절레 저으며 말했다. 청성파야 멸문지화를 입었다지만, 사천에는 아직 당가와 아미파가 남아 있다. 그들이 기둥으로 버티고 서 있는 한 사천은 결코 쉽게 무너지지 않을 것이다.

"그래서 제갈 노사는 당가와 아미파의 주력을 사천 밖으로 옮기게끔 맹주를 종용했소. 그것은 맹주의 뜻과도 맞아떨어지는 것이었지. 맹주는 당가와 아미파를 제거할 생각이었으니까."

남궁화란의 얼굴이 새파랗게 질렸다. 주력이 빠진 당가와 아미파는 암천의 공격을 이겨내지 못할 터였다. 그들은 구파일방과 오대세가, 뿌리가 깊은 명문이니 적에게 등을 보일 리도 없다. 그들은 아마 그들 스스로 죽음을 자청할 것이었다.

"훗날 제갈 노사는 맹주 몰래 당가와 아미파에 서신을 보내었소. 본산을 비우라는 내용의 서신이었지. 제갈 노사는 사천을 암천에게 내주는 동시에 당가와 아미파의 목숨을 구하고자 했던 것이오."

죽이 모두 끓어오르자 낭왕이 죽을 한 사발씩 퍼서 자명과 남궁화란에게 건넸다. 하지만 자명과 남궁화란 모두 입을 대지는 않았다. 피곤하여 입맛이 없기도 했거니와, 낭왕의 이야기에 집중한 탓이었다.

"하지만 당가와 아미파가 몰락하기를 바라는 맹주가 그것을 원할 리 없었소. 맹주는 그 서신들을 모조리 회수했소. 제갈 노사는 바로 그 때문에 우리를 불렀을 것이오."

낭왕과 묵월검랑, 모두 무림맹에는 소속되지 않았으면서 강력한 무위를 지닌 무인들이었다. 낭왕은 그러한 사람들이 몇 명 더 있을 것이라고 추측했다.

자명이 미간을 좁히고 질문했다.

"그 때문에 우리를 불렀다니요?"

"제갈 노사는 맹주를 실각시키고자 했소. 제갈 노사는 무림맹에 소속되지 않았으면서 강력한 무위를 가진 무인에게 도움을 청했지. 사천에는 서신을 비롯해 맹주의 음모를 밝혀낼 증거가 있을 터, 그것으로 맹주를 압박하라 청한 거요."

남궁화란이 고개를 절레절레 저으며 중얼거렸다.

"제갈 노사를 뵈어야겠어요. 제갈 노사는……."

"죽었소."

남궁화란이 놀란 듯 눈을 크게 떴다. 낭왕의 얼굴에 불빛이 아른거렸다. 아니, 어쩌면 그것은 살기였는지도 모른다. 낭왕에게서 기이한 한기가 느껴졌다.

"나는 어떻게든 증거를 찾아내 맹주를 축출할 거요. 제갈 노사는 내게 큰 은혜를 주신 은인, 그분을 죽인 사람이 맹주라면 나는 결코 그를 용서하지 않을 것이오."

낭왕이 섬뜩한 어조로 중얼거렸다. 자명과 남궁화란 모두 아무런 말이 없었다. 어느새 낭왕에게서 살기가 사라졌다. 그는 다시 무심한 얼굴로 돌아와 철과를 뒤적거렸다.

"쉬운 일은 아니겠지. 암천은 너무 쉽게 제갈 노사의 계획대로 움직이고 있소. 암천이 사천에서 무슨 짓을 하고 있을지는 아무도 모르외다. 아마 제갈 노사께서도 짐작지 못한 일이 벌어질 것이오."

"암천이……."

자명은 어두운 얼굴로 고개를 들었다. 밤하늘에 찬란하게
별이 빛나고 있었다. 자명은 눈을 지그시 감았다.

하늘은 저처럼 밝은데, 세상은 너무나도 어지러웠다.

『화공도담』 8권으로 계속…

저작권 보호!!

장르문학의 성장에 힘이 되어주십시오.

저작물의 무단 전재와 복제, 불법 다운로드!
이것은 관심이 아니라 무관심입니다!

작가님들은 창의적 열정과 시간을 투자해 자신의 꿈과 생계를 유지합니다.
한 권의 책을 만들어 많은 사람들은 자신의 인생과 미래를 설계합니다.

저작물 속에는 여러 사람의 노력과 희망이
담겨 있습니다!

저작물의 무단 전재와 복제, 불법 다운로드는 여러 사람들의 꿈과 생계를
위협함으로써 장르문학을 심각한 상황에 빠뜨리고 있습니다.

이제는 무관심이 아니라 관심으로 장르문학의
성장에 힘이 되어주세요.

[도서출판 **청어람**은 항시적인 저작권 보호를 통해 장르문학과
여러분의 희망을 지키겠습니다.]

저작물의 무단 전재와 복제, 불법 다운로드는 법률에 의해 처벌받을 수 있습니다.
저작권법 제97조의5 (권리의 침해죄)
저작재산권 그 밖의 이 법에 의하여 보호되는 재산적 권리(제73조의 4의 규정에 의한 권리를
제외한다)를 복제·공연·방송·전시·전송·배포·2차적 저작물 작성의 방법으로 침해한
자는 5년 이하의 징역 또는 5천만 원 이하의 벌금에 처하거나 이를 병과(동시에 두 가지 이상의
형벌을 지우는 일)할 수 있다.

도서출판 청어람

the *Mask of* Leon

눈매 퓨전 판타지 소설

가면의 레온

**중원을 공포로 떨게 만든 희대의 악마, 혈마존.
그의 영혼이 기억을 잃은 채 차원 이동을 한다.**

한 소년과 몸이 바뀐 후 깨어난 혈마존.
기억은 지워지고 싸가지없는 본성만 남았다!
욱할 때마다 튀어나오는 살벌한 말투와 그의 독자 무공.

'아, 나는 왜 이렇게 성격이 더러운가?
어째서 이리도 잔인한 기술을 알고 있는 것인가? 착하게 살고 싶다.'

살인광이었던 그가 전혀 어울리지 않는 대신관이 되기로 결심한다.
하지만 그 본성이 어디 가나……

"이런 빌어 처먹을 놈들, 신전에서 봉사 활동 안 할래?"

유행이 아닌 자유추구 —
WWW.chungeoram.com
Book Publishing CHUNGEORAM

임준욱 장편 소설

무적자

WITHOUT MERCY

그의 이름은 임화평(林和平)이다.
이름처럼 살기를 소망했고 그렇게 살아왔다.
그를 건드리지 말았어야 했다.
조용히 살게 놔두었어야 했다.

"너희들 실수한 거야.
내 세상의 중심,
내 평안의 근거를 깨뜨린 거다.
세상 전부와도 바꿀 수 없는……
알게 해주마, 너희들이 누구를 건드린 건지."

그의 고독한 여정이 시작되었다.

―오, 바라타족의 아들이여. 언제든지 정의가 무너지고 정의가 아닌 것이
판을 치는 때가 되면 나는 곧 나 자신을 나타내느니라.
올바른 자를 보호하기 위하여, 악한 자를 멸하기 위하여, 그리하여 정의를
다시 세우기 위하여, 나는 시대에서 시대로 태어난다.

〈바가바드기타 중에서〉